Е-З ДІККЕНС СУПЕРГЕРОЙ КНИГА ЧЕТВЕРТА:

НА ЛЬОДУ

Cathy McGough

Stratford Living Publishing

Зміст

Для повсякденних супергероїв.

"Ви просто не можете перемогти людину, яка ніколи не здається".

Babe Ruth

ПРОЛОГ

Наступного дня був шкільний день, але з наближенням кінця світу ні Е-Зі, ні Лія не збиралися туди йти.

"У мене дуже погане передчуття", - сказала Лія.

Настав час сніданку, і вони з Ю-Зі були самі. Сем і Саманта ще спали, як і близнюки Джек і Джилл.

"Що за погане передчуття?" - запитав він, накидаючи в рот ще пластівців.

"Пам'ятаєш, минулої ночі, коли мені здалося, що я щось чула?

"Так, але ти сказав, що це була помилкова тривога. Що звуки зникли, і все повернулося на круги своя".

"Так і було, і не було. Це важко пояснити. Я чула, як Розалі кликала мене, а потім перестала. Вона більше не намагалася, тож я подумав, що все в порядку. Але зараз я хвилююся, тому що я намагалася додзвонитися до неї і не змогла. Вона не відповіла на жодне з моїх повідомлень. Думаю, треба піти і перевірити, як вона. Про всяк випадок. Мені буде легше, якщо я це знатиму. Інакше я не зможу сьогодні нічого зробити".

"Може, вона спить? Або у неї розрядилася батарея в телефоні". Він допив склянку апельсинового соку і відійшов від столу. Він поклав посуд у посудомийну машину.

"Можливо. Але я все одно хочу її побачити".

"Давай поїдемо до неї, щоб заспокоїти тебе", - сказав він, викликаючи таксі. "Сподіваюся, нас впустять. Адже ми не родичі".

Вони поїхали через усе місто і запитали про Розалі на стійці реєстрації. Жінка запитала: "Ви родичі?". Обидва відповіли, що ні. "Сідайте, будь ласка", - сказала вона.

"Бачиш, - прошепотіла Лія. "Вона виглядала збентеженою. Ніби щось приховує."

"Так, я теж це помітив. Але, можливо, нам це здається, бо ми хвилюємося за Розалі. Все, що ми можемо зробити, це чекати і намагатися бути зайнятими. Ми тут і не зрушимо з місця, поки не переконаємося, що з нею все гаразд".

Минуло тридцять хвилин, а вони все ще чекали. і ставали все більш неспокійними, коли час спливав.

Лія встала. "Я не можу більше чекати."

І-Зі сказав: "Стоп! Зачекай хвилинку." Вона знову сіла. "Давай почекаємо ще тридцять хвилин, перш ніж розсердимося на них".

"Що значить "розлютимося"?" запитала Лія.

"О, я постійно забуваю, що ти не звідси. Це означає прийти на щось зі зброєю в руках. Як крайній засіб. Це, звичайно, фігура мови. Хоча деякі працівники пошти сприймають його буквально".

"Б'юся об заклад, якби ми були дорослими, вони б уже з нами розмовляли. Іноді я ненавиджу бути дитиною".

"У цьому є свої переваги, - сказав І-Зі. "Спробуй пограти в гру на телефоні або почитати книжку. Це скоротає час, і вони будуть більш корисними для нас, якщо ми будемо терплячими".

"Шкода, що я не взяв з собою навушники. Я міг би послухати нові треки Тейлор Свіфт".

"Ось, - сказав він. "Можете взяти мої".

Минуло ще тридцять хвилин, і E-Z спокійно повернувся до прилавка. Лія залишилася, слухаючи музику. Він озирнувся. Вона була з заплющеними очима. Вона навіть не помітила, що він пішов.

"Ви не знаєте, коли ми зможемо побачити Розалі?" - запитав він.

"Вибачте, до вас зараз прийдуть. Вона знає, що ви тут на неї чекаєте". Жінка клацнула на клавіатурі. Коли E-Зі не відійшов, вона зробила другу спробу заохотити його до цього. "Я особисто говорила зі своїм менеджером. Вона вийде поговорити з вами, як тільки зможе. Будь ласка, приєднуйтесь до вашого друга". Вона махнула рукою в бік Лії, яка була зайнята розмовою по телефону.

E-Зі неохоче повернувся до Лії. Він дивився, як навколо снують люди. Деякі з них були мешканцями, штовхаючи візки. Деякі були в інвалідних візках, їх штовхали санітари, а інші самі крутили колеса. Більшість мешканців посміхалися в його бік, дехто махав рукою. Йому було цікаво, скільки з них приймають постійних відвідувачів. Він сподівався, що більшість.

Коли двері відчинялися і зачинялися, запах обіду досягав його ніздрів, а в шлунку забурчало. Йому стало цікаво, які делікатеси сьогодні їдять мешканці. Можливо, риба з картоплею. А може, пиріжок а-ля Мод. Коли Лія повернула йому навушники, він пошкодував, що не з'їв ситнішого сніданку.

"Є успіхи в прискоренні? Я вмираю з голоду!"

"Я теж, але не дуже. Вона сказала, що менеджер скоро буде з нами, але я не розумію, чому Розалі просто не вийде і не зустрінеться з нами сама. У чому проблема?"

"Я не відчуваю її присутності тут, - сказала Лія. "Наче нас від'єднали від неї. Музика допомогла мені відволіктися на деякий час, але зараз я знову думаю про неї і хочу їсти. Погане поєднання".

"Я вас чую", - сказав І-Зі, коли до них підійшла висока жінка з бейджем генерального директора і представилася.

"Мене звати Елеонора Вілкінсон, і я тут генеральний директор". Вона потиснула їм руки. "Я так розумію, ви дружите з Розалі. Ви вже відвідували її тут раніше?"

"Ні, ми тут не були", - відповіла Лія. "Але ми з нею друзі, близькі друзі. І ми хвилюємося за неї. Вона не відповідала на мої повідомлення, не підходила до телефону".

Пані Вілкінсон сказала: "Мені дуже шкода, але Розалі померла десь вночі. Ми чекаємо на приїзд її найближчих родичів. Вони не живуть поблизу.

"Вибачте, що змусила вас так довго чекати. Але мені потрібно було поговорити з ними, перш ніж говорити з вами. Ви ж розумієте. У нас є правила, яких ми повинні дотримуватися".

Лія впала назад у крісло і заридала, а Е-Зі взяв її руку в свою, і вони кілька секунд сиділи мовчки, перш ніж він запитав: "Що з нею сталося?".

"Це під слідством", - відповів Вілкінсон. "Вибачте, я не можу сказати вам нічого більше. Якщо ви не член сім'ї. Співчуваю вашій втраті".

"Вона була для мене цілим світом", - сказала Лія.

"Як ви з нею познайомилися?" запитав Вілкінсон. "Вона була чудовою жінкою. Її всі любили." "Ми познайомилися через друга", - збрехала Лія.

"Цікаво, - сказав Вілкінсон, - враховуючи вашу різницю у віці".

"Ти маєш на увазі, що я дитина, а вона ні? Я маю на увазі, що не була", - сердито перепитала Лія. Вона підвелася.

"Вибач, я не хотів тебе засмутити. Звичайно, багато мешканців тут хотіли б мати друзів, з якими можна було б поспілкуватися. Особливо діти з такими ж інтересами, як у вас, яким вони могли б розповісти свої живі історії. Таким чином, вони не будуть забуті після того, як підуть".

"Ми завжди пам'ятатимемо Розалі, - сказав Е-Зі.

"Чи можемо ми побачити її, щоб попрощатися?" запитала Лія.

"Боюся, про це не може бути й мови. У нас є процедури. Але якщо ви залишите свої дані, номер телефону на стійці, ми зможемо вам зателефонувати. Щоб повідомити вам, коли буде прощання і похорон".

І-Зі залишив свій номер телефону на стійці реєстрації. Вони вже збиралися сідати в таксі, коли він згадав про книгу.

"Зачекай тут", - сказав він. "Я зараз повернуся".

Він підійшов до стійки реєстрації.

"Мені шкода, але ми не можемо прийняти смерть нашої подруги Розалі. Поки хоча б один з нас не побачить її. Пані Вілкінсон сказала, що нам не можна заходити, але чи можу я просто зазирнути в кімнату? Я не залишуся там надовго. Отже, я можу сказати своїй подрузі, що бачила Розалі, і можу підтвердити, що її більше немає з нами? Вона стільки пережила, втратила очі і все таке. Їй було б легше, якби хтось, кого вона знає і кому вона довіряє, сказав їй це напевно".

"Бідолашна. Я розумію. Ходімо зі мною", - сказала жінка. Опинившись по той бік столу, вона попросила колегу прикрити її. "Я зараз повернуся", - сказала вона.

Е-3 пішла за нею вглиб будинку, де мешкала старенька. Там було світло, не так депресивно, як він чув, що такі будинки можуть бути, але дуже тихо. Можливо, тому, що всі насолоджувалися обідом у кафетерії. Його шлунок знову забурчав.

"Всі в їдальні", - сказала жінка, ніби знала, про що він думає. "Сьогодні день риби і чіпсів з червоним желе і збитими вершками на десерт. Надзвичайно популярна страва, яку кожен хоче скуштувати. У будь-який інший день тебе б не пустили, бо було б надто багато людей, які роздумували б над цим".

"Пахне дуже смачно, - сказав І-Зі. "І дякую за твою допомогу, я, ми, дуже цінуємо її".

Вона зупинилася і відчинила двері.

"Це кімната Розалі. Я почекаю тут. У вас є дві хвилини або менше, якщо мене хтось помітить".

"Ще раз дякую", - сказав І-Зі, коли двері за ним зачинилися. Пахло дивно, ніби тут було багаття. Він оглянув кімнату в пошуках камер. Наскільки він знав, тут не було жодної.

Під білим простирадлом їхній друг був накритий з голови до ніг. Він підійшов ближче, борючись із бажанням втекти, але маючи потребу знати напевно, побачити на власні очі. Він відтягнув простирадло і побачив, як воно впало на підлогу, наче привид.

У ніздрі одразу ж вдарив запах. Запах барбекю. Паленої плоті. І він побачив руку Розалі, що звисала вниз, вкриту опіками та пухирями. Що з нею сталося? Хто зробив з нею цю жахливу річ і чому?

Він відсунув стілець і оглянув кімнату, яка була бездоганно чистою, без жодних ознак пожежі. Це не могло статися тут. Якщо ні, то де? Чи перевезли її в цю кімнату після цього?

Жінка за дверима постукала. "Будь ласка, поквaптеся!" - сказала вона.

Він відкрив шухляду її нічного столика. Там була вона. Книга, про яку їм розповідала Розалі. Книга, в якій вона записувала інформацію про інших дітей.

"Час вийшов", - сказала жінка.

І-Зі сховав книгу за спину. Він натиснув кнопку, щоб двері відчинилися, і вони повернулися до стійки реєстрації.

"Дякую, - сказав він. "Від мене і мого друга. Ви дали нам спокій. Будь ласка, дайте нам знати, коли відбудуться похорон і прощання. І ще одне, я помітив, що у неї були опіки на тілі. Хтось із мешканців постраждав під час пожежі?"

"О, Боже", - сказала жінка. "Я не знаю. Я нічого не чула про пожежу. Я не бачила тіла, я маю на увазі саму Розалі. Мені лише сказали, що вона померла. Я нічого не знаю про деталі".

"Все гаразд, - заспокоїв її І-Зі. "Я нічого не скажу. Я ціную все, що ти зробила. Дякую тобі."

"Тут не було ніякої пожежі", - сказала вона. "Наскільки я знаю, сигналізація не спрацювала. Ніяких пожежних машин не викликали. Боже мій."

І-3 махнув рукою і відійшов від прилавка. Жінка все ще блукала сама з собою. Він вирішив, що для нього буде краще забратися звідти.

Водій допоміг Ю-3і сісти на заднє сидіння поруч із Лією, яка чекала на нього, а потім заховав його інвалідний візок у багажник.

"Щось ти довго", - поскаржилася Лія. "Що це?"

Вона спробувала схопити книгу, але Е-3і втримав її. Він помітив, що плата на лічильнику вже була більшою, ніж у нього було з собою.

"Нічого не вдієш. Я крадькома глянув на Розалі. І схопив це. Це книга, про яку вона нам розповідала. Ми перевіримо її, коли повернемося додому." Він прошепотів: "У тебе є гроші?"

Їм обом не вистачало грошей на таксі.

"Тобі доведеться попросити маму або дядька Сема допомогти нам", - сказав він, коли водій зупинився біля будинку.

Водій допоміг Ю-3і сісти назад у крісло, а Лія забігла всередину. Вона вийшла з грошима, яких вистачило на проїзд, і водій від'їхав.

"Сем дав мені гроші".

"Він запитав, для чого вони?"

"Ні, але я думаю, що запитає".

Усередині Сем і Саманта поралися на кухні. Намагаючись нашвидкуруч приготувати сніданок, близнюки серенадували їм голодними криками.

"Чому ти не в школі?" запитала Сем.

"Я поясню пізніше. Ми можемо тобі допомогти?"

"Ні, але дякую", - відповіла Саманта. Вона почала годувати Джека.

Сем кивнув і почав годувати Джилл.

Ю-Зі та Лія зайшли до його кімнати і зачинили двері. Альфред читав газету.

"Розалі померла", - промурмотіла Лія, потім впала на коліна і заридала, в той час як І-Зі обійняв її, а Альфред кинувся до неї. Вони обнялися і плакали доти, доки у них не залишилося сліз.

"Що це у тебе там?" запитав Альфред.

"Я схопила книгу".

Лія взяла її, потім встала і притиснула до грудей, ніби обіймала подругу, натомість вона бачила все це. Розалі в Білій кімнаті. "Фурії" в Білій кімнаті разом з нею. Палаючі книги. Полиці падають. Всюди вогонь.

Лія впала на коліна.

"Вона була такою хороброю. Дуже хороброю."

"Ти бачила пожежу?" запитав І-Зі. "Що сталося?"

"Ти знав про пожежу?"

Він кивнув.

"Чому ти мені не сказав?" Вона вже знала відповідь на це питання. Він захищав її від правди. "Коли я доторкнулася до книги, я все побачила. Розалі була в Білій кімнаті. І "Фурії" були там з нею. Вони хотіли, щоб вона розповіла їм про нас та інших дітей. Вони катували її, але вона не здалася".

"Чому вона не подзвонила нам?"

"Вона намагалася. Я не знала, що це було питання життя чи смерті. Все пройшло, і я думала, що все добре".

"Це не твоя провина", - сказав І-Зі.

"Вона померла на самоті, під книжковими полицями, коли навколо неї горіли книжки. Вона не заслуговувала на таку смерть. Ніхто не заслуговує на таку смерть". Вона ридала в її руки.

"Бідолашна Розалі", - сказав він. "Вона могла б покликати мене. Вона робила це раніше. Чому вона не покликала мене?"

"Тому що вона наразила б тебе на небезпеку. Вона загинула, захищаючи нас".

"Отже, "Фурії" намагалися витягнути з неї наші імена та імена інших дітей, і вона пожертвувала собою, щоб врятувати нас? Щоб зберегти нашу таємницю. Якою дивовижною жінкою була Розалі. Ми ніколи її не забудемо - ніколи", - сказав Альфред, стримуючи сльози. "Вона заслуговує на медаль. Медаль честі".

"Зачекай хвилинку, може, вони заблокували їй можливість дзвонити нам?" сказав І-Зі.

"Вона надіслала мені SOS, але вона робила це і раніше. Одного разу вона зробила це, коли у них вдома закінчився чай, і вона хотіла виговоритися. Я не знав, що цей SOS означав, що її життя в небезпеці".

"Ви не могли знати. Ніхто з нас не міг. Ми не можемо звинувачувати себе". Всі троє мовчали. "Зачекайте, давайте подивимось на книгу."

"Тут є все, що вона нам сказала. Повний список, з деталями про всіх дітей, які схожі на нас. Слава Богу, що "Фурії" до неї не добралися!"

"Гей, зачекайте хвилинку!" сказав І-Зі. "Сама думка про те, що вони катували її, щоб дізнатися інформацію про нас та інших, означає, що "Фурії" знають, що ми всі існуємо. Це означає, що ці діти десь там, зовсім самі, і вони навіть не знають, що на них чекає!

"Ми повинні дістатися до них першими. Тому що це лише питання часу - як би вони не дізналися про нас, про них - це лише питання часу, коли вони дізнаються, де вони знаходяться."

"А якщо це пастка, яка приведе "Фурій" прямо до них?" запитав Альфред.

"Не думаю, що вони знають, де нас знайти, інакше вони були б тут, чи не так?" запитав І-Зі. "Я маю на увазі, що у них був елемент несподіванки. Вбивши Розалі, вони дали нам зрозуміти, що знають щось. Дали нам зрозуміти, що вони щось знають... можливо, щоб влізти в наші голови, бо ми тут головні." "А як щодо інших дітей?" - запитала Лія. запитала Лія. "Як ми до них доберемося, не підставляючи себе?"

"Хадз? Рейкі?" покликав І-Зі. "Якщо ти мене чуєш, нам потрібен твій внесок і твоя допомога".

ПОП.

ПОП.

"Ви знаєте про Розалі?" - запитав він.

"Так, знаємо, і це сумна, сумна історія", - сказала Хадз, витираючи сльози крилами. "Вони катували тут, у Білій кімнаті. І якщо цього було недостатньо - вони повністю знищили її і все, що в ній було.

Всі ці прекрасні, крилаті книги - зникли. Розалі, зникла. Зникли." Вона не могла більше говорити через ридання.

"Тихо, тихо, - сказала Рейкі. "І це ще не все. Ми не знаємо, що сталося з душею Розалі".

"Зачекай, її тіло лежить у ліжку в її кімнаті на іншому кінці міста в будинку для літніх людей. Може, її душа там з нею?" запитав І-Зі.

Рейкі відповіла: "У вас є щось запечатане, закрите, від повітря, від усього? Якщо так, будь ласка, негайно принеси це - тоді ми підемо і побачимо, чи душа Розалі з нею. Ми переконаємо її піти в контейнер - тимчасово - поки ми не з'ясуємо, де її Ловець Душ. Сподіваюся, його не забрали ті фурії".

І-Зі вибіг на кухню, де Сем і Саманта були зайняті годуванням близнюків. "У нас ще є той великий термос?"

"Так, він у шафі над холодильником", - відповів Сем, а потім воркнув до сина.

"Дякую", - сказав І-Зі, повертаючись до своєї кімнати. "Це підійде?"

Вони вдвох несли контейнер.

"Зачекай!" вигукнув Альфред, якраз вчасно, щоб зловити їх до того, як Хадз і Рейкі вискочили на вулицю. "Може, я зможу допомогти? У мене є цілющі сили. Візьміть мене з собою. Дозвольте мені спробувати. Будь ласка."

РОР

ХЛОП

ШИПІННЯ

І вони втрьох зникли, приземлившись у кімнаті Розалі.

"Ось вона", - сказав Альфред, застрибуючи на ліжко, обережно, щоб не наступити на неї своїми перетинчастими лапками. Дзьобом він підняв простирадло, а Хадз і Рейкі зависли поруч.

"Що він збирається робити?" запитала Рейкі.

"Ш-ш-ш", - відповів Хадз.

Альфред поклав дзьоб на чоло Розалі і торкнувся її серця одним зі своїх крил. Але нічого не сталося.

"Дозволь мені спробувати щось інше", - сказав лебідь. Цього разу він завис над тілом Розалі, притулившись лобом до її чола. І знову нічого.

"Ти зробив усе, що міг, - сказав Хадз, - тепер нам потрібно захистити її душу. Виходь, виходь, де б ти не був".

І ось душа Розалі попрямувала до них.

"Тут ти будеш у безпеці", - сказала Рейкі, коли душу заманили в контейнер, а потім щільно закрили кришку.

ХЛОП.

ХЛОП.

ШИПІННЯ.

"Ви змогли їй допомогти?" запитала Лія, але вона вже знала відповідь, дивлячись в очі Альфреда. Вона обійняла його: "Я впевнена, що ти зробив усе, що міг".

"Він справді старався", - сказав Хадз.

"Її душа в безпеці, тут... ніхто не повинен її відкривати. Її потрібно тримати в безпеці, поки Ловець Душ не буде готовий забрати її".

"Можливо, тобі варто тримати її при собі?" сказав Альфред. "І дякую, що дозволив мені спробувати".

У кімнаті Ю-Зі Троє розробили план, як об'єднати інших дітей. Було вирішено, що Ю-Зі поїде до Австралії, до Лачі - також відомого як Хлопчик у коробці. Альфред вирушить до Японії, де забере Харуто, хлопчика, якого покинули в лісі. І, нарешті, Лія подорожувала через США, щоб забрати Бренді, дівчинку, яка могла повернутися до життя.

Їхні місії були чітко визначені, а от що вони робитимуть, коли прибудуть на місце, - ні. Інші були різного віку, різних культур, різних мов. Комусь потрібен був дозвіл батьків, а комусь - ні.

"Цікаво, що Розалі розповіла їм про нас?" запитала Лія.

"Ми можемо запитати їх, коли побачимо, - запропонував Альфред.

"А поки що нам треба пакувати валізи і планувати, що робити. Я поїду туди на своєму кріслі, але у вас є варіанти. Вирішуйте, що для вас найкраще, і втілюйте свій план у життя. Я вірю, що ви приймете правильне рішення, а час спливає".

"Я рада, що ви це сказали, - сказала Лія, - бо я не впевнена, чи хочу летіти туди літаком. Я думаю, що найкращим варіантом може бути маленька Дорріт, але я не впевнена, що вона буде в захваті від цього. Вона полетить з одним пасажиром, а повернеться з двома".

"Я теж не впевнений, - сказав Альфред. "Я міг би полетіти туди за власним бажанням, але, оскільки Харуто ще зовсім юний, мені доведеться супроводжувати його в літаку - якщо тільки його батьки не прилетять разом з ним. До того ж, мені доведеться побоюватися несприятливих погодних умов - а це довга дорога".

"Як я вже казав, ви двоє вирішуйте, що для вас найкраще. Альфреде, якщо ти вирішиш летіти літаком, попроси дядька Сема про все подбати".

Троє готувалися зібрати всіх дітей разом. Тоді вони складуть план - перемогти злих Фурій. Навіть якщо це буде їхній останній план.

РОЗДІЛ 1
АВСТРАЛІЯ

E-Z був першим з команди, хто покинув Північну Америку. Літаючи небом у своєму інвалідному візку, він насолоджувався свободою, яку дарувало відкрите повітря.

Одна лише думка про те, що його інвалідний візок треба буде здавати на зберігання в літаку, викликала у нього мурашки по шкірі. Що, як він загубиться? Або зламається? Це не був ризик, на який варто було йти. Хіба Бетмен відмовився б від свого Бетмобіля? Ніколи.

Хоча, він був майже впевнений, що йому доведеться летіти назад з Лачі літаком. Було б неправильно змушувати дитину летіти самостійно. Може, для нього зроблять виняток і дозволять полетіти в інвалідному візку? Варто було б запитати. Він би перейшов цей міст, коли б до нього дійшов. Крім того, він не хотів навіть ДУМАТИ про їжу в літаку. Слава Богу, що тепер у нього з собою був запакований ланч.

Він грав у доджеми з хмарами - і раз чи два пройшов прямо крізь них. Але він мусив зосередитися. Зрештою, Австралія була на іншому кінці світу.

Нотатки Розалі про хлопчика в коробці не були настільки корисними, як він сподівався. Він читав про його історію в інтернеті. Найбільше його вразило те, що хлопчик віддав перевагу тваринам, а не людям. Це мало сенс після всього, через що він пройшов.

Бідолаха був настільки понівечений, коли його знайшли, що забув, як розмовляти. Ю-Зі знав, що у світі існує жорстокість, але ця була невимовною.

У Ю-Зі було багато запитань, на які він сподівався знайти відповіді, наприклад, де були батьки Лачі? Хто годував і чистив його клітку? Хто його туди посадив? Навіщо?

У статті йшлося про те, що вони відправили журналістів, щоб сфотографувати хлопчика, подивитися, як він почувається, але тварини не підпускали їх близько. Навіть коли вони спробували використати телеоб'єктив. Сороки атакували і бомбардували їх. Він переглянув кілька відеозаписів нападів сорок - це було схоже на щось із фільму Хічкока "Птахи". Врешті-решт одна з сорок полетіла з об'єктивом репортера. Після цього вони залишили хлопчика в спокої.

Е-Зі сподівався, що йому вдасться завоювати довіру хлопчика. І що його друзі-тварини також довірятимуть йому. Якщо ні, то його подорож була б безглуздою. Ну, не зовсім безглуздою, якщо він зустрінеться і поговорить з хлопчиком. Чи захоче він допомагати іншим після того, як з ним поводилися? Тільки час покаже.

Він летів над Атлантичним океаном. Він літав цим маршрутом раніше, і саме там він вперше зустрів Альфреда. Його телефон у кишені завібрував - він подивився, і там було повідомлення від Лії.

"Просто хотіла повідомити, що я подорожую з маленькою Дорріт".

"Ти все ж таки вирішила не летіти літаком?"

"З'явилася маленька Дорріт, і вона в моєму розкладі."

"Звучить як план." Він відправив емодзі з піднятим великим пальцем.

"Де ти?" - запитала вона.

"Прямо над Атлантикою. Вода, вода і ще раз вода."

Вони роз'єдналися, і він прискорив темп, перетнувши Африку, де побачив острів Роббен - в'язницю, в якій утримували Нельсона Манделу протягом майже тридцяти років.

Його шлунок забурчав; йому не сподобався бутерброд у рюкзаку. Тож він приземлився в Кейптауні і сподівався, що зможе використати свою банківську картку, щоб купити щось поїсти. Він помітив вивіску закладу, де продавали "Традиційну рибу з картоплею" з британським прапором, і вони приймали банківські картки. Він взяв приготовану їжу і злетів на вершину Левиної Голови. Після того, як він з'їв свій обід, який був дуже смачним, він зробив селфі, а потім продовжив свою подорож.

"Розбуди мене через дві години", - сказав він своєму інвалідному візку, який завібрував і прискорився. Коли він знову прокинувся, то перетинав Індійський океан. Величезна кількість зірок навколо нього допомогла йому відчути себе менш самотнім. Він їхав далі, відчуваючи тріумф від того, що вже майже на місці, коли побачив на горизонті сонце, яке прокладало собі шлях на небосхил, щоб зустріти новий день.

І ось воно було прямо перед ним - плямисте узбережжя Австралії. З нетерпінням чекаючи побачити його на власні очі, він набрав швидкість і попрямував до нього. Зрозумівши, що дуже хоче пити, він сягнув рукою в рюкзак і дістав пляшку з водою, яку випив до дна. Порожню пляшку він поклав назад у рюкзак, щоб викинути пізніше, і хоча він все ще був досить ситий від з'їденої раніше риби з чіпсами, він вирішив продовжувати їсти. Він вирішив з'їсти бутерброд з шинкою та сиром, який поклав дядько Сем.

Він пролетів над Західною Австралією і, відчувши спеку, зняв світшот і поклав його в рюкзак. Він продовжував летіти в глибинку Північної Території, роздумуючи над тим, де саме йому приземлитися, коли крихітна пташка з пір'ям відтінків синього, підкресленим чорним кільцем на шиї, вилетіла назустріч йому.

"Йди за мною, І-Зі, - сказала вона. "Я спостерігала за тобою".

"Хто ти?" - запитав він.

"Я казкова ворона", - відповіла вона. "Ходімо, він чекає".

Група канюків супроводжувала їх.

"Не хвилюйся", - сказала казкова ворона. "Вони - наш ескорт".

Він спостерігав за унікальною формою, в яку перетворилися білі смуги чорногрудих канюків. Він чув про поезію в русі, і тепер точно знав, що означає ця фраза.

Потім він помітив хлопчика. Він стояв під ними і махав рукою. І-З помахав у відповідь. За винятком того, що він сидів на спині надзвичайно великого птаха, він виглядав як будь-яка інша дитина.

"Ласкаво просимо до Австралії", - сказав він. "Скоро стемніє, тож іди за мною. До речі, можеш звати мене Лачі".

"Приємно познайомитися, Лачі! Не можу дочекатися, щоб побачити більше твоєї казкової країни. Шкода тільки, що я не зможу залишитися надовше".

"Це ліси Савани, - сказав хлопчик. "Вдихни глибше, і ти відчуєш аромат евкаліпта.

"Так, пахне чудово", - відповів Е-Зі.

Вони подорожували далі, через кам'яну країну, через заплави і біллабонги. Нарешті, вони дісталися до місця призначення у Віддаленому.

"Тут я живу", - сказав хлопчик. "Національний парк Какаду - найбільший наземний національний парк Австралії, його площа становить понад 20 000 квадратних кілометрів. Я живу тут разом з рослинами і тваринами". Казковий крук сів йому на голову. "О, ти знову втомився", - сказав хлопчик з посмішкою. Потім до Е-З: "Її часто треба підвозити".

Коли вони прибули до місця, схожого на наметове містечко, хлопчик сказав: "Ласкаво просимо до мого дому".

"Дякую", - відповіла Ю.-З. "Мені б не завадив душ або ванна, а ще я хочу пісяти".

"Я викопав вигрібну яму, он там, за деревом. Там ти будеш у безпеці. Потім я покажу тобі, де водоспад, і ти зможеш помитися".

"Водоспад, так? А там є крокодили?"

"Крокодили є... але вони звикли, що я користуюся водоспадом. Якщо хочеш, я перший раз піду з тобою.

"Ні, у мене є крила, і у мого крісла теж. Ми полетимо, якщо почуємо сильні сплески!"

"Добре", - сказав наймолодший. "Просто зависайте у падаючій воді - не приземляйтеся - і все буде добре. А я тим часом зберу трохи їжі на вечерю. Якщо тобі знадобиться допомога, просто крикни, і я прибіжу".

Наближаючись до водоспаду, він помітив знаки - і багато знаків з написами "НЕБЕЗПЕКА" і "ПОПЕРЕДЖЕННЯ" на них. На одному з них було написано, що тут водяться як морські, так і прісноводні крокодили. Ого.

"Вгору, на вершину!" - наказав він своєму кріслу. Він пішов прямо у воду, обличчям вперед і сидів там, насолоджуючись тим, як вона падала на нього і навколо нього. Спочатку було холодно, але коли він звик, то відчув себе добре.

Озирнувшись навколо, він подумав про ему, на якому хлопчик зустрівся з ним. Здавалося дивним, що птах такого розміру - з такими величезними крилами - не може літати. Він читав про птахів, які не могли літати, в Інтернеті. Він був здивований, побачивши у списку ківі, а також ему, страусів, пінгвінів, качкодзьобів і реї. Він прочитав в Інтернеті, що ДНК папуг змінилася, і тепер вони не можуть літати. Він відчував себе трохи винним, що він, хлопчик, може літати, коли ці прекрасні птахи не можуть.

Коли він був чистим і в новому одязі, він повернувся до хлопчика, який зайнятий приготуванням їжі.

"Це слива з козлятника".

Ю-Зі відкусив шматочок. Смак був дивовижний.

"Це червоне кущове яблуко, а це чорна смородина".

Ю-Зі з'їв усе, і йому дуже сподобалося.

"Тепер, коли ми закінчили з десертом, мені потрібно приготувати основну страву". Хлопчик копав і копав, а потім натрапив на каструлю, яка була занадто гарячою, щоб він міг з нею впоратися. Коли він паличкою зняв кришку, від запаху того, що він приготував, у Е-Зі аж слинка потекла з рота.

"Це мідії", - сказав хлопчик, поклавши кілька штук на листок.

"Вони дуже смачні. Я ніколи раніше не куштував мідій".

Сонце падало з неба. "Час спати", - сказав хлопчик.

"Ще раз дякую за те, що ви мене так добре прийняли". Е-Зі позіхнув. До цього моменту він не усвідомлював, як довго не спав.

"Ти будеш спати там, нагорі", - показав він на дерево, на якому був будиночок на дереві і мотузяна драбина, що вела вниз. "Можеш злетіти нагору, поставити на гальма, щоб не рухатися уві сні. Моя кімната он там", - показав він на інше дерево з мотузкою, що вела донизу, і будиночком на дереві.

"Спи, - сказав Лачі. "Вранці ми все з'ясуємо.

РОЗДІЛ 2
ЯПОНІЯ

Альфреда міг би висадити літак E-Z на шляху до Австралії. Натомість він вирішив летіти традиційним людським способом - літаком.

Семові довелося добряче поторгуватися, щоб переконати авіакомпанію надати лебедю-трубачу місце. Не кажучи вже про місце в першому класі. Сем використав свої зв'язки на роботі, щоб допомогти Альфреду подорожувати зі стилем.

У салоні літака, в навушниках і зі своєю щасливою краваткою-метеликом, Альфред почувався як вдома. Він був розслаблений, а стюардеса була уважною. Проте, він не міг дочекатися, коли прибуде до Японії. І познайомитися з хлопчиком на ім'я Харуто.

Альфред поклав свій рюкзак поруч і поклав туди кілька закусок. Він чекав, доки не зголодніє, і лише тоді копався в сумці з диким рисом і дикою селерою. Разом з їжею у нього була запасна батарея для телефону і кредитна картка Сема з листом-згодою на її використання.

Дивлячись у вікно на пролітаючі хмари, він думав про Харуто. Згідно із записами Розалі, він був набагато молодшим за інших дітей. І вона не мала жодного уявлення про його здібності - якщо припустити, що вони у нього були.

Альфред планував спочатку пояснити все батькам Харуто і, сподіваючись, залучити їх на свій бік. Потім, після того, як Харуто підтвердить свою сферу знань, тобто, які сили він має, перейти до більш детальної розповіді про те, як він може допомогти, як тільки він підтвердить свою компетенцію.

Найскладніше було б переконати їх відпустити свого маленького сина за кордон. Заплатити не було проблемою - Сем сказав, що може скористатися своєю кредитною карткою. А от переконати їх погодитися на те, щоб лебідь забрав їхню дитину до Північної Америки, - ось це вже потребувало б певного переконання.

Він відкинувся на спинку сидіння, і воно відкинулося.

"Хочете чогось?" - запитала симпатична стюардеса.

Було добре, що люди тепер могли його розуміти. Це значно полегшувало йому життя, оскільки не потрібен був перекладач.

"Чашку чаю було б дуже доречно", - відповів Альфред. "У чашці", - додав він. "Важко засунути цей дзьоб у чашку".

Санітарка посміхнулася. За мить вона повернулася з мискою, пакетиком чаю, цукром, молоком і ще однією мискою з прохолодною водою. "На випадок, якщо чай занадто гарячий", - сказала вона.

"Дуже турботливо", - сказав Альфред.

Він дав чаю охолонути і продовжив дивитися у вікно. Було так приємно просто сидіти і насолоджуватися краєвидом. Не турбуючись про сильні пориви вітру, сніг, дощ чи хижаків.

Нарешті, він випив свій чай з молоком і цукром і заснув.

Прокинувся він від оголошення, що бортпровідники готують пасажирів до посадки. Він проспав весь політ!

Через ілюмінатор він мав повний вид на аеропорт Ханеда. Навколо нього він бачив багато-багато свіжої трави, яку можна було їсти. Він скуштував трохи, а рис і селеру залишив на потім.

Ще далі виднілися обриси найвищої гори Японії - Фудзі. Сем мав рацію, сидячи з лівого боку літака, було найкраще місце, щоб побачити те, що називають серцем Японії.

"Ви знали, що на п'ятому поверсі є оглядовий майданчик? Звідти ви зможете краще побачити гору Фудзі", - звернувся стюардеса до Альфреда.

"Я хотів би мати більше часу, але дякую вам. Можливо, на зворотному шляху".

Стюардеси дозволили йому вийти з літака першим. Вони вишикувалися в чергу, щоб попрощатися, ніби він був рок-зіркою.

Оскільки у Альфреда була лише ручна поклажа, а лебедям не потрібні паспорти, він вийшов з аеропорту, щоб знайти таксі.

Перед поїздкою він подивився в Інтернеті, як найняти таксі в Японії. В інформації йшлося про те, що він повинен шукати червону наліпку в правому нижньому куті лобового скла таксі. Ця червона наклейка підтверджувала, що таксі можна найняти.

Коли він знайшов таксі з такою наліпкою, він дуже зрадів. Він підлетів до відчиненого вікна і дзьобом дав водієві записку. У записці було вказано, куди йому потрібно їхати. Водій виявився добрим і не заперечував проти перевезення пасажира-лебедя. Він натиснув кнопку на кермі, яка відчинила задні дверцята, щоб Альфред міг залізти всередину. Водій зачинив двері, і вони поїхали.

Харуто з родиною жив у другому за величиною місті Японії, Йокогамі. Хоча Альфред намагався роздивитися визначні пам'ятки, зокрема, панораму міста, все, про що він міг думати, було про те, як переконати Харуто і його сім'ю взяти участь у їхній боротьбі проти "Фурій".

Телефон у його рюкзаку завібрував. Він дістав його; це було повідомлення від E-Z.

"Я зараз з Лачі. Як справи в Японії?"

Він друкував дзьобом - цьому він навчився, коли подорожував до Японії сам. Він також був швидким і не робив багато помилок.

"Зараз я на таксі майже в Йокогамі. Сподіваюся скоро прибути до будинку Харуто".

E-Z надіслав йому емодзі з піднятим великим пальцем.

Син Альфреда любив будувати роботів Gundam. В Йокогамі будували гігантського робота. Коли він буде завершений, його висота становитиме 59 футів, дізнався Альфред, прочитавши про це в Інтернеті. Його син хотів би відвідати Японію, щоб побачити його. Відтоді, як вони померли, Альфред намагався не думати про них, бо це його засмучувало. Однак сьогодні, тут, в Японії, він вирішив побачити все, що міг, так, ніби його сім'я була поруч з ним, поруч з ним. Життя занадто коротке, навіть для лебедя, щоб постійно сумувати.

Водій зупинився біля садового будиночка зі сходами з квітами по обидва боки перил. Водій відчинив дверцята, і Альфред вийшов. Піднявшись на кілька сходинок, він зупинився і перекусив травою, якої було вдосталь по обидва боки сходів. Повітря було прохолодним і ароматним, а приватний сад перед будинком був прекрасним. Піднявшись нагору, він помітив, що територія перед будинком була дуже привабливою, з фонтаном у вигляді сови зліва біля входу. Проте в самому будинку всі жалюзі були опущені, наче нікого не було вдома. Він дуже сподівався, що хтось буде там, щоб привітати його. Йому хотілося перекусити і трохи відпочити.

Він постукав у двері дзьобом. Голос пролунав з коробки посередині дверей, до якої він не міг дотягнутися, не злетівши, що він і зробив.

"Мене звати Альфред", - сказав він.

Двері відчинилися, і літня жінка запросила його всередину. Він пішов за нею, гадаючи, чи не зв'язався хтось із команди з родиною, щоб познайомитися з нею до його приїзду.

Він продовжував слідувати за нею, оскільки єдиними чутними звуками були стукіт його перетинчастих ніг по дерев'яній підлозі. В інтер'єрі будинку було багато дерева, а повітря наповнювали пахучі орхідеї. Літня жінка провела його до вітальні, заставленої меблями, переважно шкіряними. Жалюзі в задній частині будинку були відчинені - він побачив розкішну зелень на задньому дворі. Вона вказала йому на крісло, і він рушив, щоб сісти в нього.

Він тільки-но вмостився зручніше, як жінка повернулася до кімнати з тацею, наповненою гарячим чаєм і тістечками. Здавалося, що вона чекала на нього - чи то так, чи то чайники в Японії закипають набагато швидше.

Позаду неї стояв маленький хлопчик, який тримався за її ногу і ховався за нею. Хлопчик був відповідного віку, щоб бути Харуто, але, прочитавши, що не можна називати японців на ім'я без дозволу, він вирішив, що в Японії не прийнято називати їх на ім'я. Час від часу хлопчик поглядав на Альфреда, а потім знову ховався. На вигляд йому було чотири чи п'ять років, щонайбільше, він був одягнений у футболку з Оптимусом Праймом, короткі штанці та капці.

"Тобі подобається Оптимус Прайм?" запитав Альфред.

Хлопчик посміхнувся, а потім повернувся до своєї схованки.

Жінка відштовхнула його, щоб подати чай.

Альфред увімкнув перекладач на своєму телефоні. Він прочитав на екрані слова привітання і сказав: "Kon'nichiwa". Він вибачився за свою погану вимову.

"Він британець", - сказав хлопчик, і коли він це сказав, старша жінка заперечила.

Альфред був захоплений зненацька тим, наскільки добре цей хлопчик розмовляв англійською. "А, ти розмовляєш англійською. Так, це так. Ви дуже розумні, що помітили мій акцент".

Хлопчик подивився на жінку, перш ніж заговорити. Вона кивнула.

"Батько і мати на роботі", - сказав він. "Це моя Собо" (що в перекладі означає "бабуся"), "а мене звуть Харуто".

"Привіт", - сказала жінка, також англійською. "Ви повинні повернутися пізніше".

"Мене звати Альфред. Можу я називати тебе Харуто?" Хлопчик кивнув, а потім звернувся до жінки: "А як мені вас називати?"

"Собо", - відповіла вона, - "всі називають мене Собо, бо я бабуся Харуто, я для всіх бабуся. Він радий поділитися зі мною".

Альфред кивнув: "Я дуже радий познайомитися з вами обома".

"Тебе прислала Розалі?" - запитав хлопчик.

"Ти пам'ятаєш Розалі?" запитав Альфред. Він був дуже радий, що у них з'явився цей зв'язок - хоча, знаючи заздалегідь, що Харуто розмовляє англійською, він міг би уникнути певного занепокоєння. Тим не менш, він вирішив прислухатися до поради жінки і підвівся, щоб піти.

"Мій батько працює неподалік, - сказав Харуто.

"Мені потрібно десь зупинитися. Чи не могли б ви порекомендувати мені якесь місце поблизу?"

Бабуся Харуто дала Альфреду адресу та вказівки, як туди дістатися пішки.

"Я зателефоную нашому другові, який керує готелем. Він допоможе вам влаштуватися, і ви зможете приєднатися до мого сина пізніше в кафе".

"Дякую", - сказав Альфред.

Прогулянка до готелю була короткою, і він насолоджувався свіжим повітрям. Він навіть спробував японську траву, яка виявилася досить приємною на смак, і зробив кілька ковтків з фонтанів.

Кімната була невелика, але в ній було все необхідне, надзвичайно чиста і добре обладнана. На нічному столику стояла лампа з підставкою у формі сови. Він увімкнув і вимкнув її, помітивши, як загорілися очі. Він прийняв душ, переодягнувся в іншу краватку-метелика і попрямував до кафе, де мав зустрітися з батьком Харуто.

Його телефон задзвонив; це знову було повідомлення від E-Z.

"Як там Японія?"

"Чудово", - відповів він, використовуючи дзьоб для друку. "Я познайомився з Харуто і його бабусею. Вони розмовляють англійською. Він дуже сором'язливий, але знав Розалі. Він був помітно молодий - може, чотири чи п'ять років. Можливо, буде важко переконати його родину дозволити йому приїхати до Північної Америки".

"Розалі знала, що у нього є здібності - але так, він молодший, ніж я думав, - сказав Е-Зі. "Добре, що вони розмовляють англійською. Де ти зараз?"

"Я йду в кафе, щоб зустрітися з батьком Харуто. До речі, я не думаю, що Розалі встигла оновити чи завершити свої записи про Харуто. Вона називала його немовлям".

"Я не впевнений, наскільки ми повинні бути стурбовані на даному етапі, але я читав в Інтернеті - там сказано, що "Фурії" можуть приймати будь-яку форму. Просто ділюся інформацією. Оскільки ми не можемо їх впізнати, якщо вони дізнаються про нас, нам потрібно бути обережними".

Альфред відправив емодзі з піднятим великим пальцем.

"Мушу йти", - сказав І-Зі.

РОЗДІЛ *3*
ПОГАНІ СНИ

Е-З спав і не спав. Тобто він бачив стелю над своїм ліжком, відчував, як матрац підтримує його спину. А в голові у нього кричали три баньши:

"Скажи нам, де ти!"

"Скажи нам!"

"Скажи нам негайно!"

"Ні!" - кричав він.

Тоді над його головою на стелі з'явилося дзеркало. Але людина в ньому, яка відображалася в ньому, не була собою. Натомість це був його дядько Сем. І у відображенні його дядько Сем кричав і корчився від болю.

"Дядько Сем у нашому лігві!" - закричала перша відьма.

"І він вже ніколи не вийде звідти!" - в унісон докоряли дві інші.

Тоді всі троє розреготалися таким сміхом, якого він ніколи раніше не чув. Звуки були схожі на гієнський, гортанний, тваринний.

"Говори!" - вимагали злі відьми, і вони штовхали і штовхали дядька Сема так, ніби він був шматком м'яса, який готують до запікання.

"І-З", - сказав дядько Сем, його голос тремтів так, наче його тіло було його відображенням. "Чого б вони не хотіли, не давайте їм цього. Що б вони не робили зі мною, не піддавайся".

"Якщо ти зробиш йому боляче, - сказав І-Зі, - я, я..."

"Скажи нам, де ти, де вони всі, і ми відпустимо його", - співали вони разом голосом, який не здавався б недоречним в Аїді.

"Все, що нам потрібно - це підказка, або дві", - сказав другий.

"Розкажи нам, хто є хто", - сказав перший.

"Або ми покінчимо з ти знаєш ким", - сказав третій.

Потім вони розсміялися. Їхні голоси звучали в його голові, і йому було дуже боляче. Але це був лише сон. Він повинен був прокинутися - ЗАРАЗ.

"А-а!" Дядько Сем заплакав.

Більше сміху.

Ю-Зі прокинувся і швидко зрозумів, що він в Австралії з Лачі, а не вдома у власному ліжку. Він перевірив телефон, але там була лише одна смужка. Він продовжував перевіряти, доки не набрав достатньої кількості, щоб зателефонувати дядькові Сему. Щоб переконатися, що з ним усе гаразд. Що це був лише кошмар і нічого більше.

Під будиночком на дереві він чув, як рухається Лачі. Напевно, готував сніданок. Було приємно спостерігати за життям юнака. Як він знову зібрався з думками після всього, через що йому довелося пройти. Люди були дивовижними.

Що б там не готував Лачі, пахло смачно, і першим його бажанням було полетіти до нього і розповісти про свій нічний кошмар. Але щось у глибині душі підказувало йому тримати це при собі - поки що. Зрештою, "Фурії" не могли знати, де він живе. Де вони всі жили. Він знову перевірив номери на телефоні - цього разу не було жодного номера. Він запхав його в кишеню і полетів вниз.

"Ну що, гарно погуляв?" запитав Лачі, зачерпуючи ложкою рідину з каструлі, що стояла над вогнем, у миску.

Е-Зі погодився. "Мені приснився дивний сон, але в іншому - так. У вас там гарно. Дякую за те, що ти такий гостинний".

"Не хвилюйся. Тут багато духів. І незнайомі тобі звуки. Якщо хочеш поговорити про сон, не соромся", - сказав Лачі.

"Може, пізніше."

"Гаразд, йди вперед і копай. Сподіваюся, ти любиш гриби".

"Обожнюю", - відповів І-Зі, закидаючи ложкою до рота велику порцію гарячого паруючого супу. "Дуже смачно".

"О, зачекай, я забув про заслінку - це ж хліб". Він відкрив алюмінієву фольгу, що лежала в центрі вогнища, і розірвав її на четвертинки, давши І-З першу частину.

"Це найкращий хліб, який я коли-небудь куштував! Як ти навчився так готувати?"

"Мене навчили місцеві. Радий, що тобі подобається".

Вони сиділи мовчки, а сонце посміхалося їм з високого неба. Е-Зі намагався не думати про свій нічний кошмар. Він витягнув з кишені телефон і ще раз перевірив решітку. Ледь-ледь одна. Він любив технології - коли вони працювали.

"Тепер, коли ти наївся, давай поговоримо про те, чому ти тут", - сказав Лачі. "Передусім про те, чим я можу бути корисним, якщо тобі допоможуть".

Ю-Зі промовчав, натомість знову подивився на свій телефон з надією в серці. Лачі, здавалося, це не турбувало, оскільки він відривав черговий шматок демпфера. Нарешті, він взяв себе в руки і зосередив свою увагу на тому, що відбувалося.

"Вибач, мої думки були за мільйон миль звідси".

"Нічого страшного. Хочеш ще демпферу?"

"Ні, не треба. Отже, перш за все, я хотів би знати, що Розалі розповіла тобі про нас трьох. Я маю на увазі Альфреда, Лію і мене."

"Так, вона розповіла мені все про вас трьох. Це було так, ніби вона була тут, зі мною, розповідала мені казку на ніч. Чим більше вона розповідала, тим більше мені хотілося познайомитися з вами, допомогти вам".

"Я радий чути, що ти хочеш допомогти. Дозвольте мені спершу розповісти вам про деталі, перш ніж ви візьмете на себе зобов'язання. Це буде нелегкий шлях для кожного з нас".

"Я не боюся труднощів", - відповів Лачі. "Що Розалі розповідала тобі про мене?"

"Чесно кажучи, вона мені небагато розповідала, але я читав про тебе в Інтернеті. Ти з'ясував, що сталося з твоїми батьками?"

"Ні, і не хочу. Я тут щаслива, самодостатня. Мені ніхто не потрібен".

"Усім потрібні друзі", - сказав І-Зі.

"Можливо."

Розалі розповідала тобі про "Фурії"?

"Ні, але вона сказала, що одного дня ти покличеш мене, коли тобі знадобиться моя допомога в боротьбі зі злом. І вона згадала про "Фурії", про яких я вже чув".

"Справді? І що ж ти чув?" запитав І-Зі.

"Корінні жителі, від яких я дізнаюся щось нове щоразу, коли перебуваю з ними, знають все про "Фурії". Вони націлилися на аборигенів, намагаючись покарати їх і витіснити з їхніх земель".

"Лачі підвівся, долив води у вогонь і переконався, що він повністю згас.

"Я, наприклад, вірю, що зло повинно існувати, щоб добро могло вижити - але має бути якийсь кодекс, а вони не дотримуються кодексу. Все, що вони роблять, вони роблять заради власного самозбереження, а так жити не можна".

"Це мудрі слова, як для дитини твого віку", - сказав І-Зі. Після цих слів він відчув себе трохи збентеженим, наче надто старався бути мудрим, будучи старшим з них. "Гадаю, тобі, мабуть, сім чи вісім років, я правий?"

"Думаю, так, але щодо мого справжнього віку я не впевнений. Коли мене знайшли, то не знайшли жодних документів, які б це підтверджували. Гадаю, коли мій голос почне змінюватися, я матиму кращу ідею". Він засміявся.

"А поки що ти можеш сам вибрати свій вік, - запропонував І-Зі.

"Так само, як я вибрав собі ім'я", - відповів Лачі. "У будь-якому випадку, що б тобі не було потрібно від мене, я в справі".

"Те, що відбувається з "Фуріями", це те, що вони використовують інтернет. Ти ж знаєш про інтернет, так?"

"Знаю. У них є wi-fi в бібліотеці. Я люблю читати. Міфологія - це круто. І наукова фантастика теж."

"Фурії" використовують багатокористувацькі онлайн-ігри, щоб заманити дітей. Більшість дітей грають в ігри, в тому числі і я", - сказав І-Зі.

"Ігри - це марнотратство часу", - сказав Лачі. "Це те, чого мене навчили вчителі з корінних народів. Життя надто коротке, щоб витрачати його на безцільні відволікання".

"Хоча всі люблять ігри, - сказав І-Зі. Я міг би назвати цифри по всьому світу, але головне те, що "Фурії" користуються цим феноменом. Це наче кожна дитина, яка грає, відкрила їм доступ до свого серця і розуму".

"Як це?"

"Щоб підвищити свій рівень у грі, ви повинні виконати список завдань. Це єдиний спосіб просунутися в грі. Якби ти не робив того, що тебе просять, не було б сенсу грати в гру. А те, про що тебе просять багато разів, у реальному житті є протизаконним".

"Протизаконно! Що саме?" запитав Лачі.

"Наприклад, вбивати".

Лачі похитав головою.

"Це гра, тож ти робиш те, що потрібно, щоб перейти на наступний рівень".

"Гаразд, думаю, я зрозумів. Мандат "Фурій" полягав у тому, щоб карати тих, хто скоїв злочини і залишився безкарним. Вони перекручують цей мандат, щоб нашкодити дітям, які грають в уявну гру".

"Правильно, Лачі. Саме так. А коли діти помирають, вони крадуть їхні душі."

"Для чого?"

"Ти коли-небудь чув про Ловців Душ?"

"Ні", - відповів Лачі.

"Коли ти помираєш, твоя душа знаходить місце вічного спокою. Воно називається Ловець Душ. Але цим дітям не судилося померти, коли їх заберуть Фурії, тому на них не чекає ніякий Ловець Душ".

"Звідки ти все це знаєш?" запитав Лачі.

"Архангели не тільки розповіли мені, але й показали. Я був у своєму Ловці Душ кілька разів. Вони викликали мене туди. Я навіть не знав, як це називається, поки все це не з'явилося. Це не те, чим люди повинні перейматися. Більшість думає, що ми потрапляємо до раю чи пекла".

"Якщо твій ловець душ був готовий, а ти лише дитина, чому їхні ще не готові?"

"Гарне питання. Я не думав про це раніше. Напевно, я вважав себе особливим випадком, - сказав I-Зі. - Але я знаю, що це не так. "Але я точно знаю, що архангели щось напартачили. Щось, про що вони не хочуть говорити. Можливо, саме тому їм потрібна наша допомога, щоб все виправити".

"Але як вони це роблять? Це те, чого я не розумію."

"Вони порушили правила, сподіваючись взяти під контроль усіх Ловців Душ. Коли ми помираємо, наші душі повинні потрапити в той, що чекає на нас після смерті. Їх не можна переносити. Якщо вони контролюватимуть усі Ловці, то кожній душі не буде куди йти. Це призведе до хаосу в потойбічному світі. Отже, тепер, коли ви все почули, ви все ще з нами?"

"Так, безумовно. До того ж, тут немає нічого кращого. Я маю стати цікавою пригодою".

"Якщо бути на сто відсотків чесним, - сказав І-Зі, - це буде нелегко. І ти будеш ризикувати своїм життям разом з усіма нами. Але ми будемо прикривати один одного.

"Ми переможемо!"

"Я дуже на це сподіваюся, але спершу нам треба з'ясувати, як ми туди потрапимо. Дядько Сем приберіг для нас квитки на літак. Нам потрібно забрати їх у найближчому міжнародному аеропорту. Він їх забронював."

"Не треба!" сказав Лачі. "У мене є власний транспорт". Він поклав два пальці до рота і свиснув.

Кілька хвилин нічого не відбувалося.

запитав І-Зі.

Лачі стояв дуже нерухомо, а дерева ворушилися і пересувалися пошепки.

Потім Ю-Зі почув, як затріпотіли крила. Судячи зі звуку, те, що наближалося, мало велетенські крила.

Потім істота прорвалася крізь листя дерев. Вона не була б недоречною в жодному з фільмів про Гаррі Поттера.

"Це дракон?" запитав І-Зі.

"Це австралійський дракон", - відповів Лачі. "Також відомий як птерозавр, тому він місцевий". Він сказав дракону: "Привіт, друже", і пішов привітатися з ним. Величезна луската істота опустила голову. Лачі погладив його, а потім вистрибнув йому на спину.

"Ну ж бо, І-Зі, чого ти чекаєш?"

"У мене є власний транспорт".

Лачі відкинув голову назад і засміявся.

"ХАР-АР-Р-Р-Р-Р!"

підхопило створіння.

"Його звуть Малюк", - сказав Лачі. "Застрибуй, бо Малюк хоче тебе покатати, а що хоче Малюк, те й отримує".

"Але ж моє крісло!"

Малюк простягнув свою довгу шию і підхопив І-З. Без стільця він закинув його собі на спину. І-Зі вхопився за Лачі, коли Малюк підстрибнув у повітря.

"Обережно, дерева!" закричав Ю-Зі.

Лачі і Малюк розсміялися.

Вони полетіли, долаючи милі й милі червоного піску.

Незабаром Рико-Зі вже не відчував страху.

Вони пролетіли над кількома скелями, одна з яких була схожа на лежачого Гомера Сімпсона. Потім вони побачили Улуру, величезний червоний моноліт.

Вони провели цілий день, літаючи над Австралією, розглядаючи визначні пам'ятки.

"Краще повертаймося", - сказав Лачі. "Нам потрібно добре виспатися, перш ніж ми вирушимо до Північної Америки і зустрінемося з рештою команди".

"Звучить як план", - сказав І-Зі, насолоджуючись поїздкою все більше і більше і бажаючи, щоб вона ніколи не закінчувалася. Він не впаде, у нього є крила, якщо вони йому знадобляться - але він знав одне напевно, політ на Baby - це життя.

Він лише думав, де він залишить її, коли вони повернуться додому. Дракон був занадто великий, щоб поміститися в гаражі. Він вирішить цю проблему, коли перетне міст. Може, якби вони з маленькою Дорріт подружилися, то могли б спати разом?

"Не хвилюйся за мене", - сказала Крихітка.

І-Зі зробив подвійний дубль.

"Так, я можу читати думки. Не завжди і не всі", - відповів Малюк. "Я сам розберуся зі своїм спальним місцем. А щодо маленької Дорріт, що ж, єдинороги і дракони зазвичай не ладнають між собою - але я готовий спробувати".

Малюк висадив їх і полетів у ніч.

Ю-Зі пам'ятав про дядька Сема, але був надто втомлений, щоб щось робити. Він зателефонує йому вранці. Звісно, все буде добре.

РОЗДІЛ 4
OZ ВІД'ЇЗД

Наступного ранку, поки І-Зі та Лачі готувалися до подорожі, вони розмовляли і познайомилися ближче.

"Мені потрібно підзарядити телефон і подзвонити дядькові Сему. Я хотів би зробити піт-стоп, щоб зробити і те, і інше, перш ніж ми покинемо Австралію".

"Без проблем, я теж хотів би забрати деякі речі. Ми можемо зробити все одночасно. Я зроблю покупки, а ти зарядиш телефон і подзвониш своєму дядькові. Є щось, про що я повинен знати?"

"Просто дивний сон приснився. Хочу перевірити, як він, щоб не хвилюватися даремно".

"Справедливо", - сказав Лачі, ховаючи кухонне приладдя, щоб воно було в безпеці, поки він не повернеться. "Я буду сумувати за цим місцем.

"Я знаю, і за твоїми друзями теж, але ти знайдеш нових, і всі будуть ставитися до тебе, як до рідної домівки. До того ж, ти повернешся, не встигнеш і оком моргнути".

"Саме це мене і турбує. Що, якщо я не захочу повертатися? Що, якщо я звикну до того, що навколо мене люди? До того, що мене розбестили зручностями?" Він зупинився, коли дві сороки сіли йому на плечі, по одній на кожне. Птахи легенько клюнули його за вуха, ніби шепотіли йому щось. Лачі посміхнувся, і вони полетіли.

"Що вони сказали?" запитав Ю-Зі.

"Та нічого особливого. Вони просто сказали, що люблять мене і будуть сумувати за мною". Ворон полетів вниз і сів йому на плече. "Це мій друг Еррол."

"Приємно познайомитися з тобою, Еррол", - сказав І-Зі. "А як ви з ним подружилися?"

Лачі розсміявся. "Кумедно, що ти про це запитав. Ми зЕрролом знайомі вже дуже давно. Насправді, його дідусь багато разів був домашнім улюбленцем у когось, хто може бути твоїм далеким родичем. Це якщо ти родич Чарльза Діккенса?"

І-Зі нахилився, киваючи. Тепер Лачі, безумовно, був повністю прикутий до нього.

"У Чарльза Діккенса був домашній крук на ім'я Гріп. Згідно з історіями, які розповідали протягом багатьох років, саме Гріп надихнув Едгара Аллана По на написання його найвідомішого вірша під назвою "Ворон".

"Ого, це так круто!" вигукнув І-Зі.

"Птахи надзвичайно розумні. Як і старійшини корінних народів, які взяли мене під своє крило, коли я вперше приїхав у глибинку. Вони навчили мене читати і писати, готувати їжу. Вони також навчили мене розпізнавати та уникати отруйних представників флори та фауни.

"Я щодня вчуся чомусь від істот, яких зустрічаю і з якими розмовляю. Кажуть, що раніше всі могли розмовляти з тваринами, не тільки я, але щось змінилося. Вони думають, що це сталося в нашому мозку, але те, що сталося з усіма іншими, не сталося зі мною".

"Як вони дізналися, що ти не такий, як усі?"

"Вони кажуть, що чули про мене, коли я народився і коли я став хлопчиком у коробці. Ще до того, як я народився, чутки про мене летіли світом пошепки. Вони чекали на мене, ось що вони мені говорили протягом тривалого часу".

"Як довго?" поцікавився І-Зі.

"Не хочу здатися зарозумілим, але кажуть, що про мене знав Моцарт - у нього був шпак, він жив у 17 столітті. Це вже пізніше. До нього про мене писав Вергілій у 70 році до н.е. А ти знав, що у нього була домашня муха?"

"Справді? Муха - домашня тварина?"

"Я розмовляв з кущовою мухою, яка була родичкою Вергілія - його кульгавого звали Леонард, або скорочено Лео, і він усе підтвердив". Лачі підняв горщик і сховав його в кущах разом з іншими речами. "Я також поспілкувався з родичем папуги Ендрю Джексона. Птаха Джексона звали Пол - це був подарунок для його дружини - і він був самцем, але оскільки його родичка була жінкою, її звали Поллі. У неї було дивне почуття гумору!"

"Схоже на те. Сподіваюся, ми ще поговоримо, але мені треба розпитати тебе про твої особливі здібності - і ми скоро вирушимо в дорогу, якщо ти все надійно спакував".

Лачі кивнув: "Звичайно. Майже все готово. Треба ще дещо перевірити. А поки що, чому б тобі не розповісти мені про себе?"

"Ну, ти вже бачив мене і моє крісло в дії - так, ми можемо літати. Мій стілець має особливі здібності, крім того, що він літає, він також може ловити злочинців і має смак до крові. Ми пара, моє крісло і я, як Бетмен і його Бетмобіль".

"Круто!" сказав Лачі. "Але це якось дивно, що він п'є кров".

"Не хочу, не хочу, не знаю, хто це сказав, але моє крісло, здається, погоджується. Замість того, щоб дозволити крові капати в землю, воно її всмоктує.

"Нашим першим порятунком була маленька дівчинка - ми врятували її від наїзду автомобіля. Потім ми врятували літак, повний пасажирів. Я не хочу хвалитися, і я впевнений, що ви зрозуміли суть. Допомагаючи іншим, я зрозуміла, що тепер я дуже сильна, і мій візок теж. О, і ми стали куленепробивними".

"Ви маєте на увазі, що у вас стріляли?"

"Так, у нас було кілька ситуацій, пов'язаних зі зброєю. Тепер ваша черга".

Моя найдивовижніша сила, як ви вже бачили, полягає в тому, що я можу розмовляти з будь-якими істотами, з будь-якими. Насправді, вчора, коли ти думав, що розмовляєш з Крихіткою, так воно і було, але якби мене тут не було, вона б говорила якусь абракадабру. Вона спілкується з тобою через мене. Я як мережа, мережа безпеки. Я можу закрити її або відкрити, залежно від того, що я вирішу.

"Коли я був у цій клітці, тварини сиділи ззовні і теревенили. Іноді мені здавалося, що вони спілкуються зі мною, але потім я думав, що, можливо, я божеволію. Одного разу тарган влетів до мене крізь ґрати клітки і сказав, що може допомогти мені вибратися, якщо я цього захочу.

"Фу, ненавиджу тарганів. Але ніколи не чув про літаючих тарганів".

"Насправді вони дуже розумні і мають чудовий інстинкт виживання - вони з'їдять все, що завгодно".

"Шкода, що вони не з'їли людей, які поклали тебе в цю коробку". І-Зі на мить замислився. "Чому ти не дозволив йому спробувати врятувати тебе? Адже тобі не було чого втрачати".

"Як там кажуть: "Краще мати знайомого диявола"?"

"Я зрозумів, тобто ти не злякався людей, які тебе тримали?"

"Це була не зовсім коробка, це була клітка. Але краще звучить, коли це називають ящиком. Крім того, вони ніколи не робили мені боляче. Вони мене годували і поїли. Замінювали газету. І я ніколи не бачила, хто вони, бо вони були в масках".

"Я не розумію, чому вони взагалі тебе там тримали".

"Не думаю, що я коли-небудь дізнаюся. І я не вештався навколо, щоб отримати відповіді, коли мене випустили".

"Як це відбувалося?"

"Вони приготували для мене кімнату в тому ж будинку. Прислали гарну жінку, щоб доглядала за мною. Я ніколи не виходила з дому. Мені було дуже страшно".

"Ви могли розмовляти? Я маю на увазі, якщо ти був у клітці вічно, то чи є у тебе спогади про минуле? Про батьків?"

"Я не люблю про це говорити. Минуле є минуле. Я не можу його змінити. Я завжди дивлюся вперед.

Але я не народився в клітці. Іноді мені здається, що я пам'ятаю, як ходив до школи. Але це міг бути сон. Іноді важко відрізнити одне від іншого".

І-Зі нагадав собі, що треба зателефонувати дядькові Сему.

"То як же ти тут опинився, живеш з тваринами і на сто відсотків покладаєшся на власні сили? Гадаю, ти не сумуєш за людьми?"

"Не можна сумувати за тим, чого не пам'ятаєш. Щодо тварин, то не я їх обирала, а вони мене. Вони приходили до будинку, ніби знали, що я вже не в клітці, і чекали, коли я вийду. Вони вже знали, що я можу говорити з ними, розуміти їх - але я не знав, що можу, поки не спробував. Тоді переді мною відкрився цілий світ, і я мав стати його частиною. Я більше не була самотньою. Саме тоді вони запропонували забрати мене і забезпечити мені безпеку. Тепер ви в курсі історії Лачі".

"Це дивовижна історія. Отже, розмови з тваринами. Щось ще ти дізнався?"

"Ну, так. Але це досить нове."

"Розкажи мені про це."

"Краще я тобі покажу."

"Гаразд", - сказав І-Зі.

Він дивився, як Лачі підвівся і пішов до найближчого евкаліпта. Якусь секунду він ще стояв біля дерева, а потім ступив крок уперед і опинився перед товстим понівеченим вітром стовбуром. Потім він зник.

"Що за?"

Лачі перейшов на інший бік дерева, а потім знову повернувся до стовбура.

"То ти невидимий?"

"Ні, подивись уважніше." Він відійшов від дерева. "Стеж за моїми очима".

Ю-Зі так і зробив, і він побачив очі Лачі в стовбурі дерева, але не побачив самого Лачі. "Зачекай хвилинку", - сказав Ю-Зі. "Я зрозумів. Це камуфляж - ти хамелеон. Ого!"

Лачі розсміявся, а потім повернувся на своє місце.

"Як ти це відкрив? Це дуже крута сила. Ти можеш змішатися практично з будь-ким, і ніхто про це не дізнається!"

"Після того, як я деякий час жив з істотами, не бачачи людей, одного разу тут проходила група туристів. Я побіг, щоб залізти на дерево і сховатися, але не встиг - тому просто зупинився біля стовбура дерева і не рухався. Вони пройшли повз мене, ніби мене не існувало. Я нічого не могла зрозуміти. Птах сів мені на плече, а по нозі поповзла змія. Вони могли мене бачити, а люди - ні. Тоді я зрозумів, що я хамелеон".

"Як це відчувається?" - "Я маю на увазі, коли ти вдягаєшся в камуфляж. Я маю на увазі, коли ти переходиш у режим маскування?"

"Це не здається чимось особливим. Це просто відбувається."

"Круто. Хочеш дізнатися про решту команди і про те, які навички вони мають?"

Лачі кивнув.

"Тобі сподобається Лія. Вона зряча. Її очі в її руках, і вона може бачити сьогодення, заглядати в думки інших людей, а іноді вона може зазирнути в майбутнє, в те, що станеться. Ця частина її сили, здається, зростає. Звичайно, є ще й вікові особливості. Коли ми вперше зустрілися, їй було сім років, а зараз їй дванадцять".

"Це дуже круто", - сказала Лачі. "І я чув, що її мати і твій дядько Сем..."

"Не проти, якщо ми підемо. Від одного лише імені Сема я знову починаю хвилюватися".

"Не хвилюйся", - сказав Лачі. Він свиснув, і Малюк прилетів, і вони полетіли до найближчого міста, де Лачі взяв кілька речей, І-Зі підключив свій телефон до зарядного пристрою, а коли він достатньо зарядився, одразу ж зателефонував на номер Сема.

Відповіді не було, натомість дзвінок потрапив одразу на голосову пошту Сема. Він спробував зателефонувати Саманті, і вона одразу ж відповіла. "Привіт, це E-Z, дядько Сем вдома?"

"Звичайно, І-Зі, одну секунду". Трохи пошепки. "Привіт, крихітко", - сказав Сем. "Де ти зараз, вже летиш над океаном?"

"Просто перевіряю, чи з тобою все гаразд", - відповів І-Зі. "Якщо так, то скажи кодове слово.

"Губка Боб Квадратні Штани", - сказав дядько Сем.

"О, слава Богу", - сказав І-Зі. "Мені наснився дивний сон, що ви були у "Фурій"."

"А, до нас прийшли друзі, і ми якраз збираємося сісти і занурити щось у фондю. У нас є шоколад з фруктами, сир з овочами, сир з хлібом і м'ясом. Досить великий вибір, і у нас є кілька видів вина. Близнюки вже вклалися спати".

"Ух, це звучить..."

"Мушу йти, скоро побачимося. Бережи себе."

"З моїм дядьком все гаразд, і вони їдять фондю - схоже на вечірку".

"Що таке фондю?" запитав Лачі.

"Це горщик, у якому розтоплюють щось, а потім занурюють у нього щось інше. Наприклад, полуницю в шоколаді, а шматочки хліба в сирі. І ти маєш рацію, вони зараз одружені, а нещодавно у них народилися двійнята, тож у домі дуже багато людей і гамірно".

"О, звучить дуже смачно", - сказала Лачі.

З повністю зарядженим телефоном І-Зі, запасами Лачі, надійно захованими на спині Малюка, пара вилетіла з Австралії. Дорогою вони розмовляли. Після кількох годин, коли вони не бачили нічого цікавого, і з бурчанням у шлунках, вони приготувалися до посадки, щоб перекусити і відпочити в туалеті.

"Нам все одно скоро доведеться приземлятися, щоб пообідати - до того ж, я вже вмираю з голоду! І, до речі, вітаю вас!"

"Дякую! Ми можемо зупинитися на Гаваях, поїсти чізбургерів і картоплі фрі", - запропонував І-Зі.

"Я не знав, що гавайці спеціалізуються на бургерах і картоплі фрі".

"Вони є частиною США, тож чизбургери та картопля фрі, не кажучи вже про густі шейки - чудова традиційна їжа, яку варто спробувати, і я гарантую, що вона вам сподобається".

"Я не їм м'ясо. Корови теж люди."

"У них є щось вегетаріанське, але це все одно чізбургер, і він вам сподобається. Ти ж не маєш нічого проти того, щоб пити коров'яче молоко?"

"Ні, не маю."

"Гаразд, Крихітко, ходімо до найближчої чизбургерної, де подають і вегетаріанські бургери", - запропонував І-Зі, коли його бурчання в шлунку дало про себе знати.

"Вперед!" крикнув Лахлан, коли Малюк шукав відповідне місце для приземлення.

РОЗДІЛ 5
BRANDY

Лія та її супутниця-єдиноріг, маленька Дорріт, летіли крізь хмари.

Лія оцінила граціозні, але швидкі рухи своєї супутниці. Разом вони винайшли гру під назвою "Перестрибуй хмари". Залежно від типу хмари, вони стрибали над нею, під нею або крізь неї. Найвеселіше було стрибати крізь неї.

"Мені подобається, коли ми всередині хмари, - каже Лія. "Я простягаю руку, щоб доторкнутися до неї, але там нічого немає".

"Схоже, ми йдемо до торгового центру внизу", - сказала маленька Дорріт, перш ніж виконати потрійний стрибок, пролетівши над хмарою, потім під нею, а потім крізь неї.

"Уууууу!" вигукнула Лія.

"Дякую, дякую", - сказала єдиноріг, показуючи вниз.

"За покупками, еге ж?" сказала Лія, роздивляючись його. Це був великий торговий центр, майже на квартал завдовжки. "Сподіваюся, мені не знадобиться багато грошей, але мама дала мені свою кредитну картку на випадок, якщо вона мені знадобиться".

"Бренді стоїть у проході продуктового магазину, наповнюючи візок, щоб згаяти час. Нам краще поспішати, бо її мама скоро почне її шукати", - сказав єдиноріг.

"Це справді круто, що ти можеш так точно визначити її місцезнаходження. Не можу дочекатися зустрічі з нею і дізнатися більше про її сили", - сказала Лія, обіймаючи маленьку Дорріт за шию, щоб підготуватися до посадки. "Я завжди хотіла мати старшу сестру, тож це може бути моїм єдиним шансом".

"Свисни, коли я тобі знадоблюся", - сказала маленька Е-Дорріт, коли Лія злітала, - "і я зустріну тебе прямо тут".

Лія увійшла до торгового центру через розпашні двері. Одразу ж вона побачила дівчину, яка, як вона сподівалася, була Бренді, що штовхала візок у продуктовому магазині. Судячи з опису Розалі, це мала бути вона.

Дівчина була одягнена недбало, в сіру толстовку з капюшоном. Вона була частково застебнута на блискавку, але достатньо відкрита, щоб показати червону футболку з написом "I Love Music", яка була під нею. Її чорні джинси були прикрашені наклейками з нотами на кишенях. Її полотняні кросівки читалися в тон до футболки.

Лія кілька хвилин спостерігала за дівчиною, а потім підійшла до неї. Вона відчувала себе трохи наляканою. Ніби зустрічала знаменитість. В її уяві Бренді випромінювала стиль і прохолоду.

Коли Лія підійшла ближче, вона уявила, що одного дня вони стануть найкращими подругами. Вони разом ходитимуть до торгового центру. Разом купуватимуть одяг. Можливо, Бренді навіть допоможе їй вибрати новий американський одяг.

"Чого витріщилася, дитино?" запитала Бренді тоном, який не був дуже дружнім чи сестринським. Потім вона з розмаху відмахнулася від Ліїних рук.

"Це дуже грубо", - вигукнула Лія. "Тебе що, ніхто не вчив хороших манер?" Вона повернулася спиною до крутої дівчини. Затамувавши подих, вона порахувала до десяти, а потім знову повернулася до неї обличчям. "Розалі було б соромно за тебе".

"Ти знаєш Розалі?"

"Так, я Лія, і я не можу бачити тебе без моїх очей, які в моїх руках". Лія знову підняла руки.

"Ого!" вигукнула Бренді. "Я думала, що виглядаю дивно, але, дитинко, я маю на увазі, Ліа, візьми печиво". Вона засунула руки в кишені. "Але будь-який друг Розалі - мій друг".

"О, дякую", - сказала Лія. "Ми можемо десь поговорити?"

"Не можу сказати, що у нас з тобою може бути спільного, окрім Розалі", - відповіла дівчина, штовхаючи візок вперед, залишаючи Лію позаду.

Лія стримувала ридання, але змогла вимовити слова: "Нам потрібна твоя допомога, бо Розалі померла".

Бренді зупинилася і глибоко вдихнула, коли по її щоці потекла сльоза, яку вона повернула і змахнула. "Іди за мною, дитинко". Вона покинула візок разом з усіма речами, що були в ньому, і вони попрямували до кабінки всередині торгового центру, де сіли.

"Я буду склянку води", - сказала Лія. "Без льоду, будь ласка."

"Давай, дитино, життя небезпечне. Вона буде пінний коктейль з рутбіром - і зробіть два". Після того, як офіціантка пішла, "Тобі сподобається, не хвилюйся. А тепер розкажи мені більше про те, чому ти тут, і що сталося з тією милою леді Розалі".

"По-перше, що Розалі розповідала тобі про мене, про нас?"

"Нічого. Я знав, хто вона така, і знав, що вона наглядає за мною. Спочатку я думав, що вона ангел, тому що вона могла говорити зі мною в моїй голові, як тоді, коли я молився в дитинстві. Потім я зрозумів, що вона була реальною людиною, такою ж, як і я. А тепер вона померла. Я хотів би допомогти знайти людей, які її вбили - якщо ви за цим прийшли, то я з вами. Кумедно, я думаю, що вона зараз ангел, який все ще наглядає за мною".

"І мене теж", - сказала Лія. "Точно."

"То як це сталося?" запитала Бренді. "Якщо це не делікатне питання. Я завжди вважаю, що найкраще говорити про дивацтва, які роблять нас тими, ким ми є. У мене є власні дивацтва, повірте мені. Вони є у всіх.

"Моя мама відчитала б мене за те, що я ставлю тобі таке особисте питання. Але я хочу перейти до суті. У тебе завжди були очі на руках? Я думала, що за тобою бігають журналісти і фотографи, люди хочуть поговорити з тобою, почути і розповісти твою історію, щоб продати журнали і газети".

"О, - сказала Лія, - більшість людей більше цікавляться вигаданими знаменитостями, такими як Гаррі Поттер, ніж реальними людьми. Якби Гаррі Поттер був справжнім, люди уникали б його або дражнили. Але у своєму світі він був героєм, тому його шрам став частиною його історії. Це робило його більш людяним для нас, тому ми могли ідентифікувати себе з ним. Але жодна дитина не хоче виділятися, тому що в цьому світі відмінності не завжди цінують.

"Забавно, як ми можемо співчувати вигаданим персонажам і співпереживати їм, і не впізнавати справжніх героїв у нашому повсякденному житті".

"О, брате, - сказав Бренді, - ти трохи зануда, чи не так? Наче з двадцятирічним хлопцем розмовляєш".

"Вибач, - сказала Лія. "Я перейшла від семи до десяти до дванадцяти за короткий проміжок часу. Я не встигла пристосуватися".

"Нічого страшного", - сказала Бренді. "І я б з тобою в принципі погодився, хлопче, але відтоді, як "Реаліті-ТВ" вийшло в ефір, ми цікавимося життям звичайних людей. Тобто, звичайних, але багатих людей, як Кардашян. Я не дивлюся його, але мільйони людей дивляться".

Принесли напої. Бренді спершу з'їла вишеньку на верхівці свого келиха, а потім запитала Лію, чи не хоче вона її. Коли Лія відповіла "ні", Бренді зняла вишеньку і поклала їй прямо до горла. "Скуштуй. Якщо ти спробуєш, тобі точно сподобається".

Лія зробила великий ковток через соломинку, і її обличчя засяяло. "Дуже смачно!" Потім вона розмішала морозиво соломинкою, думаючи, що сказати далі.

"Щодо мене, то я народилася з очима, які добре бачили. Але нещасний випадок осліпив мене, і коли я прокинулася, у мене були ці очі, а також те, що називають зором. Я можу бачити, про що люди думають, саме так ми з Розалі вперше почали розмовляти. Час для мене тече не так, як для всіх інших, але я вже давно не пропускаю жодного року. Крім того, з плином часу я іноді бачу, що станеться зі мною та з іншими, ну, знаєте, в майбутньому".

"Ти знав, що Розалі помре до того, як це сталося?"

"Ні, не знав. Це приходить і йде. Іноді взагалі не працює. Це не на сто відсотків надійно. До речі, я не можу читати твої думки, якщо тобі цікаво."

"Добре. Знати, що ти можеш читати мої думки, було б дуже моторошно", - сказав Бренді, роблячи величезний ковток, який вдарився об дно контейнера і видав звук "ось і все, друзі". "Я б із задоволенням випила ще, але не буду", - сказала вона. "Краще знати міру, тому що якщо ми будемо постійно балувати себе речами, які, як нам здається, ми дуже хочемо, то ми не будемо цінувати їх так сильно".

"Дуже мудро", - сказала Лія. "Можеш взяти решту, якщо хочеш".

"Було б шкода, якби вона пропала даремно".

Дівчата деякий час мовчали, аж поки телефон Бренді не завібрував. "Моя мама скоро приїде і приєднається до нас".

"Як вона дізналася, де ми?"

"Гаразд, у неї є свої способи, наприклад, трекер на моєму телефоні".

"І ти не проти?"

Ні. Я кілька разів зникала, але завжди поверталася в торговий центр. Здебільшого, коли я йду, вона навіть не здогадується. Поки я не подзвоню і не попрошу її приїхати і забрати мене сюди. Зазвичай це її перша підказка, моє повідомлення або дзвінок. Додаток позбавляє її від необхідності хвилюватися за мене. Напевно, нелегко мати доньку, яка може померти і знову повернутися до життя".

Приїхала мати Бренді, і нас познайомили. Вони розповіли їй історії Розалі та Лії, а також поінформували її про те, що вони обговорювали до цього часу.

"Що ви, дівчата, планували?" - запитала вона. "Ви виглядаєте так, ніби задумали щось погане".

"Просто надлишок цукру", - усміхнулася Бренді. "Лія якраз збиралася розповісти мені, для чого я їм потрібна.

"Отже, ти пояснила про свою повторювану ситуацію?"

"Коротко. Я ще не дійшла до цього, мамо, вона щойно розповіла мені про нещасний випадок і про те, чому її очі на руках".

Підійшла офіціантка, і мама Бренді замовила каву. Вона одразу ж повернулася з горнятком, яке наповнила. "Наливання безкоштовне, - сказала офіціантка. "Просто підніміть горнятко, коли воно спорожніє, і я повернуся, щоб наповнити його знову".

"Дякую, - сказала мама Бренді.

"Я б із задоволенням послухала про це", - сказала Лія, зачісуючи волосся за вухо. Їй подобалося, як Бренді та її мама спілкувалися одна з одною. Вони були страшенно близькі; це було видно по тому, як вони постійно торкалися одна одної. Їхня близькість змусила її згадати всі ті часи, коли її мати працювала ночами і на вихідних, і їй доводилося в усьому покладатися на Ганну, свою няню. Тепер, коли вони були тут, і її мати була одружена з Семом, все було інакше, але нові діти, схоже, забирали багато часу у її матері.

Бренді пробурмотіла: "Вперше я померла, коли була маленькою. Це сталося в цьому самому торговому центрі. Однієї хвилини я була мертва, а наступної - знову жива. Як я вже казала, я завжди опиняюся тут. Ось як сильно я люблю цей торговий центр".

"Це смішно, - сказала Лія.

"Я люблю ходити по магазинах!"

"Це точно!" сказала мама Бренді, коли її донька покликала офіціантку і попросила склянку крижаної води.

"Зробіть дві склянки води", - сказала Лія.

Оскільки вона вже була там, офіціантка наповнила каву матері Бренді.

Лія відчувала, що зараз або ніколи - вона повинна перейти до справи. Було вже пізно, а маленька Дорріт чекала.

"І-Зі, наш лідер, пересувається в інвалідному візку і може рятувати людей, навіть літаки, повні пасажирів. Він дуже сильний і швидкий, і у нього, і у його візка є крила.

"Альфред - лебідь-трубач, він володіє екстрасенсорними здібностями, а також може повертати до життя людей та істот. Крім тебе, є ще двоє дітей, яких ми додамо до групи, а також двоюрідний брат Е-Зі Чарльз - тож нас буде семеро".

"Ах, щасливі семеро", - сказала мама Бренді.

Лія продовжила: "Після того, як ти все почула, якщо ти погодишся допомогти нам боротися з "Фуріями", твоє життя буде в небезпеці. Це три злі сестри-богині, які вбили Розалі".

"Злі, еге ж? Вбити Розалі було боягузтвом! Вона б і мухи не скривдила!" сказала Бренді.

"Ця інформація є публічною?" запитала мати Бренді. "Це все звучить так, вигадано".

"Навіщо вони це зробили?" запитала Бренді. "Що вони отримують за вбивство такої милої старої жінки, як Розалі?"

"Вони використовують дітей. Вбивають дітей", - сказала Лія.

І Бренді, і її мати перестали пити.

"Це важко пояснити, але я спробую з усіх сил. Коли ми помираємо, наші Душі потрапляють до Ловців Душ, які чекають на них, - до місця нашого вічного спочинку. У кожного з нас є свій власний унікальний Ловець Душ - тому ми ніколи не можемо померти. Наші душі живуть далі. Це не той рай, який ми собі уявляли, але він реальний, і "Фурії" вбивають невинних дітей - і поміщають їх у Ловці Душ, які належать іншим людям.

"Насправді, коли Розалі померла, її душа не мала куди йти. На щастя, наші друзі Хадз і Рейкі - вони імітують ангелів - змогли захопити душу Розалі. Вони зберігають її в безпеці, поки ми не знищимо "Фурій" і не наведемо лад з усіма Ловцями Душ. Як тільки ми їх знищимо, архангели візьмуть на себе відповідальність і виправлять безлад, який вони спричинили. І все знову повернеться на круги своя."

"Я думала, що архангели - це лиходії, - сказала Бренді. "Звідки нам знати, що їм можна довіряти? І чому ми хочемо їм допомагати?"

"Це дуже велике питання, діти, - сказала мама Бренді.

"Це дуже довга історія. Ми зможемо вам її розповісти, коли прийде час. Але зараз нам потрібно повернутися до штаб-квартири. Це наш дім. Коли ми всі будемо під одним дахом, ми зможемо все пояснити і розробити план".

"Я з вами", - сказала Бренді. "Ти вже переконав мене, коли сказав, що вони вбили Розалі, але тепер я знаю, що вони вбивали і невинних дітей, тож дозволь мені зайнятися ними". Вона підняла свою склянку води і випила разом з Лією.

"Зачекай, - сказала мати Бренді, - якщо архангели не можуть перемогти цю штуку, то як вони можуть очікувати, що ви, діти, зможете..."

"Мамо, - поплескала Бренді по руці. "Я не така, як інші діти. Це звучить так, ніби ми - купка невдах з особливими здібностями, і я впишуся в неї. Не дивно, що архангели попросили нас допомогти їм.

"Розалі зібрала нас усіх разом, щоб ми могли сформувати команду. Якби вона була тут, вона була б з нами в команді. Зараз вона з нами в душі. Разом ми будемо силою, з якою треба рахуватися.

"Крім того, ми повинні переконатися, що Розалі повернулася до свого вічного спочинку. Все відбувається не просто так, хіба не ти завжди мені про це говориш?"

"То що ж буде далі?" - запитала її мати.

"Ми повинні бути разом, а будинок І-Зі достатньо великий для всіх нас. Інші та Чарльз Діккенс - довга історія - зустрінуть нас там".

"Не той самий Чарльз Діккенс?"

"Той самий, але йому лише десять років. Він прибув і був знайдений двома детективами в Лондоні, Англія. Його відправили назад на Землю не просто так. Крім того, що він і E-Z - кузени. Він один з нас. Разом ми переможемо цих сестер і знову виправимо світ".

"Ходімо!" сказала Бренді. "У мами в машині є мій рюкзак, і в ньому є все необхідне. Я завжди маю сумку про всяк випадок. Вона мені вже не раз ставала в нагоді. Я припускаю, що в будинку є пральна машина і сушарка? О, і фен?"

"Так, так і так", - сказала Лія, а потім свиснула.

Бренді з матір'ю затулили їй вуха. "Що це було?"

"Ходімо на вулицю, я познайомлю тебе з моєю подругою Маленькою Дорріт - вона єдиноріг - і заодно візьмеш свою сумку". Вони вийшли за двері, і вона показала на небо, де єдиноріг заходив на посадку.

"Зачекай хвилинку, - сказала Бренді, - ми поїдемо через всю країну верхи на єдинорозі?"

Мама Бренді насупилася. Вона відчула слабкість, і її ноги стали схожими на пересмажені спагетті.

"Підійди і погладь її", - сказала Лія. "Маленька Дорріт, це Бренді та її мама".

"У неї чудова і м'яка шерсть", - сказала мама Бренді.

"Хочеш, я підвезу тебе до твоєї машини?" запитала маленька Дорріт.

"Ні, дякую", - відповіла мама Бренді. А потім звернулася до доньки: "Я не знаю, як пояснити це твоєму батькові. Можливо, вам варто піти зі мною додому, і ми разом все пояснимо і вирішимо, чи можеш ти піти..."

"Я мушу йти, - сказала Бренді. "Це моя доля". Вона обняла матір.

"Чи допоможе, якщо ти поговориш з моєю мамою?" запитала Лія і, не чекаючи відповіді, набрала її номер, пояснила ситуацію і передала свій телефон мамі Бренді, яка поспілкувалася з Самантою, а потім повернула телефон назад.

Наступне, що вони пам'ятають, це як вони втрьох літають по парковці в пошуках машини, а люди внизу сигналять, фотографують на телефони і зіштовхуються з машинами і тролейбусами.

"Ось вона", - сказала мама Бренді.

Маленька Дорріт приземлилася і зісковзнула. "Зачекай тут, я візьму сумку моєї доньки".

Вона повернулася і кинула її Бренді. "Дякую, що підвезла", - сказала вона маленькій Дорріт. А Бренді сказала: "Бренді дзвони додому. Щодня. Як інопланетянин". Вона послала їй поцілунок. Потім до Лії: "Приємно було познайомитися".

"Мені теж", - відповіла Лія, коли маленька Дорріт відірвалася від землі. "Не хвилюйся, ми подбаємо про безпеку твоєї доньки".

Мама Бренді дивилася, як вони відлітають, аж поки не перестала їх бачити. На той час допитливі паркувальники знайшли собі інше заняття, тож вона сіла в машину і поїхала додому.

Дорога додому була довгою. Їй потрібно було подумати, як вона пояснить усе це батькові Бренді.

РОЗДІЛ 6
HARUTO

Альфред чекав біля входу в кафе, поки не повернувся власник, який чекав на нового клієнта. Бабуся Харуто не згадала, що відвідувач був лебедем-трубачем. Коли власник побачив Альфреда, він запросив його за столик у глибині приміщення.

Альфред не заперечував проти того, щоб не заважати. Насправді, він вважав за краще, оскільки там висіла табличка "Ніяких домашніх тварин" - не те, щоб лебеді вважалися домашніми тваринами в Японії або деінде в світі, про який він знав.

Сидячи тихо, чекаючи на приїзд батька Харуто, він скористався безкоштовним WI-FI кафе і відкрив для себе кілька дійсно цікавих речей про японські кафе-культури. Як і в Йокогамі, тут були кафе для любителів котів і одне на честь їжачків.

Через п'ятнадцять хвилин до кав'ярні зайшов чоловік. Альфред одразу зрозумів, що це батько Харуто, оскільки той швидко попрямував до його столика.

"Naze watashitachiha daidokoro no chikaku ni iru nodesu ka?" - запитав він власника кафе (що в перекладі означає: "Чому ми біля кухні?"

"Kare wa hakuchōdakara!" - сказав власник, перш ніж відійшов від столу (що в перекладі означає: "Тому що він лебідь!").

Коли він повернувся через кілька хвилин з тацею, наповненою бульбашковим чаєм, господар сказав: "Mōshiwakearimasen" (що в перекладі означає: "Мені дуже шкода").

"I нда йо", - з посмішкою сказав батько Харуто (що в перекладі означає: "Все гаразд").

Альфреду подали чай у мисці, достатньо великій, щоб він міг встромити дзьоба. Чай був зі льодом - добре, бо він не хотів обпекти язика чи довго чекати, поки він охолоне.

"Domo arigato gozaimasu", - сказав Альфред (що в перекладі означає: дуже дякую).

"Iie", - відповів батько Харуто (що в перекладі означає: не згадуй про це).

Вони деякий час сиділи мовчки, дивлячись один на одного, потягуючи чай.

"Чому ти тут?" різко запитав батько Харуто. "Моя дружина боїться, що ви хочете забрати у нас нашого сина, а ви не можете його отримати. Так, ми знайшли його, але ми єдині батьки, яких він коли-небудь знав".

"Ого!" вигукнув Альфред. "Нічого не станеться, якщо ви цього не захочете. До речі, англійська у вашого сина чудова, - сказав Альфред. "Як і твоя власна".

"Лестощі тут не принесуть вам ніякої користі. Як я вже казав, ви не можете отримати мого сина".

"Якби Харуто міг допомогти нам, врятувати світ? Ви б все одно відмовили?"

"Харуто всього лише хлопчик. А ти - лебідь. Що можуть зробити хлопчики і лебеді, чого не можуть зробити чоловіки? Ти не можеш його забрати." Він схрестив руки.

"Що, як ми не зможемо врятувати світ без його допомоги? Що, як він хоче нам допомогти?"

"Харуто нічого не знає про життя. Він не зможе вам допомогти. Знайди чийогось іншого сина, когось старшого. Когось, хто був народжений, щоб врятувати світ. Не хлопчика. Не мого хлопчика, Харуто. Ні сьогодні, ні завтра, ні будь-коли."

"А якщо ми дозволимо йому вирішити?" сказав Альфред. "Після того, як я поясню йому все, що відбувається."

"Розкажи мені все зараз. І я вирішу, що він повинен знати. Але сперш дозвольте запитати вас - чому ви вважаєте, що такий маленький хлопчик, як мій син, може вам допомогти?"

"Ми думаємо, що він, як і всі ми, має дари, унікальні дари. Він не схожий на інших дітей, чи не так? Коли Розалі згадувала про нього, він був ще немовлям. Чи він постарів швидше, ніж інші діти?"

Батько Харуто похитав головою. "Коли ми знайшли його п'ять років тому, він був немовлям. Він виріс, як і будь-яка дитина".

"О, мені шкода. Розалі не мала часу, щоб оновити чи завершити свої нотатки. Але хіба ви не хочете, щоб ваш син був з іншими дітьми, які мають такі ж обдарування, як і він? Він був би одним з нас, прийнятий нами. І ми б шанували його дари і захищали його".

"Ви хочете сказати, що я не можу захистити власного сина?"

"Ні, пане. Я зовсім не це хочу сказати. Я хочу сказати, що він потрібен нам, і, можливо, лише можливо, ми потрібні йому. Хлопчик, який стоїть сам, ніколи не буде таким сильним, як хлопчик, який є членом команди".

"Можливо, він самотній. Можливо, але він молодий, і він переросте це". Батько Харуто помовчав, перш ніж запитати: "У чому твій дар і хто твій ворог?"

"Я маю цілющу силу, як для людей, так і для тварин - здебільшого для останніх. Я можу читати думки. Лія може бачити майбутнє. Е-Зі рятує життя. Я вмію лікувати хворих і читати думки. У нас навіть є сайт про супергероїв, який я можу вам показати, якщо ви хочете побачити все на власні очі, як доказ".

"Я вже бачив ваш сайт, - сказав батько Харуто. "Ви відомі як Трос. Хіба ви втрьох не достатньо сильні, щоб здолати будь-яких ворогів? Як вам може допомогти такий маленький хлопчик, як Харуто? Він ледве пам'ятає, що треба чистити зуби."

"Я розумію. У мене теж був син, коли я був людиною."

"Ти колись був людиною? Що сталося з твоїм сином?

"Вони померли, а з мене зробили лебедя. Це довга заплутана історія. Головне, що донедавна ми не знали, що є інші діти. Це була Розалі. Вона була дивовижною жінкою, яка вміла спілкуватися з дітьми подумки. Вона розмовляла з Лією, Харуто, Бренді та Лачі. Вона об'єднала всіх разом і заплатила за це високу ціну. Фурії вбили її за те, що вона не розкрила їм жодної інформації про дітей. Без Розалі ми б не знали про існування інших і не прийшли б сюди, щоб захистити вашого сина і попросити його про допомогу в перемозі над злими сестрами.

"Мене послали поговорити з Харуто і пояснити, з чим ми зіткнулися. Звичайно, він може відмовитися, ви можете відмовитися заради нього - але без нього ми, можливо, не зможемо здолати злих богинь, відомих як Фурії".

Господар запропонував ще чаю. Альфред відмовився, проте руки батька Харуто злегка затремтіли, коли він підняв щойно наповнену чашку і зробив ковток.

"Харуто - молодша дитина?"

Альфред кивнув.

"Розкажи мені про двох інших новобранців.

"Бренді помирає і відроджується. Лачі може говорити і бути зрозумілим для всіх істот.

"Ця Бренді щоразу відроджується як вона сама?" запитав батько Харуто.

"Я так розумію."

"Скільки їй років?"

"Цього я точно не знаю, але гадаю, що вона підліток. Чому це має значення?" запитав Альфред.

"Тому що неодноразове переродження, залишаючись у людському стані, означає, що Бренді застрягла на стадії навчання. Тому вона буде добре поводитися з іншими, більш розвиненими, ніж вона. Вона буде вчитися у них і, можливо, це допоможе їй досягти наступного етапу".

Альфред дещо зрозумів, але нічого не сказав.

"Мій син не покращить життя Бренді, тому я не дозволю йому брати участь у цій боротьбі. Вибачте, що змарнував ваш час".

"Що ж, я пройшов весь цей шлях - тож, що мені завадить поговорити з ним, у присутності вас, вашої дружини і матері. Дайте йому вибір.

Нехай він вирішить. Якщо це йому не підходить, якщо ви вважаєте, що він занадто молодий або непідготовлений - ми зрозуміємо, але, будь ласка, принаймні, давайте поговоримо з ним про це. Подивіться, як багато він може зрозуміти. Нехай він буде тим, хто скаже "ні" - тоді я повернуся в літак, і ти мене більше ніколи не побачиш".

"Ти лебідь, а літаєш на літаку?" - голосно засміявся він. Інші відвідувачі кафе приєдналися до нього, хоча й гадки не мали, чому він сміється. Вони сміялися, бо звук сміху батька Харуто був заразливим.

"Розкажіть мені, що ваша команда має намір робити і чому. Тоді я вирішу. Якщо ти зможеш переконати мене, то, можливо, я дозволю тобі спробувати переконати Харуто".

"Коли ми помираємо, наші душі залишають наші тіла і вирушають на вічний спочинок у те, що називається Ловець Душ. Я знаю, що це відрізняється від того, у що ми віримо, але це правда. Фурії вбивають дітей - дітей, які грають у комп'ютерні ігри, - а потім поміщають їхні душі в Ловці душ, призначені для інших душ. Коли інші помирають, їхнім душам нікуди подітися".

Батько Харуто помовчав кілька хвилин.

"Якщо він захоче, сину мій, Харуто допоможе. Він розповість тобі, в чому його талант. Він скаже тобі, що він хоче, щоб ти знав, і він вирішить".

"Дякую", - сказав Альфред.

Вони встали, вийшли з кафе і попрямували до будинку Харуто. Коли вони приїхали, вечеря була подана негайно, і всі були введені в курс справи щодо місії.

"Що станеться з іншими душами? Якщо їм нікуди йти?" запитав Харуто, відкладаючи палички і роблячи ковток води.

"Цього ми не знаємо напевно", - відповів Альфред. Він подивився на батька Харуто, який кивнув. "Але Розалі. Ти пам'ятаєш Розалі?"

"Так, я знав її, і я знаю, що вона померла", - сказав Харуто. Він випростався дуже прямо: "Ти хочеш сказати, що її душа не має дому? Як я можу допомогти їй повернутися додому?"

"Я радий, що ти хочеш допомогти, Харуто, - сказав Альфред. "Душу Розалі надійно утримують два янголи, які в минулому допомагали нам і Е-Зі. Тож поки що з нею все гаразд.

"Перш ніж я поясню більше, мені цікаво, якими особливими здібностями ти володієш?"

Харуто встав, подивився на батька, який кивнув, а потім сказав. "Я рухаюся дуже швидко." І він почав кружляти, все швидше, швидше і швидше, поки не зник.

"Ого!" сказав Альфред. "Ти схожий на зниклу версію Тасманійського Диявола!"

"Ми ніколи не втомлюємося бачити його в дії", - сказала його мати. До цього коментаря вона помітно принишкла. "Повертайся, дитино", - сказала вона. "Повертайся".

Він з'явився тим же шляхом, що й зник, тільки цього разу вони не бачили, як він кружляв, доки він не з'явився знову. "Я знову голодний!" вигукнув Харуто. Він сів, наповнив свою тарілку і жадібно наївся.

"Ти завжди хочеш їсти?" запитав Альфред.

"Завжди", - відповіла Собо, пропонуючи онукові ще їжі. Той кивнув, надто зайнятий їжею, щоб відповісти.

Коли Харуто наївся досхочу, Альфред пояснив, що "E-Z" слугуватиме штабом або базою команди. Він затримувався, підшукуючи правильні слова, щоб розповісти про небезпеку, на яку вони всі наражатимуться.

"Дозвольте мені сказати, перш ніж ви погодитеся, що "Фурії" - злі, жахливі істоти, які карають дітей, навіть якщо вони не зробили нічого поганого. Вони забирають життя дітей за погані думки, а не за погані вчинки, і викрадають у інших ловець душ. Ми повинні зупинити їх і відновити справедливість. І вони надзвичайно небезпечні та могутні богині".

Батько Харуто сказав: "Я забороняю тобі йти!"

"Але батьку, ти вчив мене, що мої вчинки в цьому житті матимуть продовження в наступному. Тому я повинен сказати "так". Він подивився на Альфреда і сказав: "Я з тобою!"

"Харуто, як твої батьки, ми хочемо, щоб ти досяг успіху, але ми хочемо, щоб ти був поруч з нами, а не на іншому кінці світу з чужими людьми".

Харуто підвівся зі свого місця і обійняв бабусю за шию. Вони перешіптувалися японською, але Альфред нічого не розумів.

"Собо каже, що піде зі мною, але вона боїться, що її час близький. Якщо вона помре і не опиниться в Японії, як її душа знайде дорогу додому?"

"З нами працюють кілька архангелів і архангелів-помічників. Вони оберігають душу Розалі, і якби щось сталося з твоєю бабусею, я впевнений, що вони захистять і її душу. Поки їхні Ловці Душ не будуть готові".

"Я так пишаюся тобою, - сказав Собо, - і з задоволенням приєднаюся до тебе під час польоту. Я буду радий познайомитися з рештою дітей-супергероїв. Ця Собо матиме ще онуків". Вона обійняла Харуто.

Мати і батько Харуто приєдналися до них. Це були сімейні обійми. По обличчю Альфреда котилися сльози. Плач лебедя - найсумніша річ на землі.

Коли вони розійшлися, посуд був зібраний і поставлений до мийки. Усім, окрім Харуто, подали чай.

"Піду зберу свою сумку", - сказав він. "Добраніч.

"Я забронюю наші квитки і повідомлю тобі деталі", - сказав Альфред.

Він повернувся до готелю і забронював свій рейс. Потім він відправив усі деталі Чарльзу Діккенсу. Він сподівався, що Чарльз зустріне їх в аеропорту Хітроу, і вони разом полетять до E-Z.

Після виснажливого дня Альфред стрибнув на своє двоспальне ліжко. Він м'яв подушки і дивився телевізор, поки нарешті не заснув.

РОЗДІЛ 7
В ПОДОРОЖІ

Коли всі діти прямували до будинку Е-Зі, в повітрі витала енергія, яка називається надією. Ця енергія, здавалося, поширювалася з одного кінця світу в інший. Настільки, що вона досягла "Фурій".

Три злі богині танцювали навколо вогню, який вони створили в казані з мертвих кісток померлих. Вгору здійнялася багатоголова вогняна куля. На їхніх очах вона розділилася на три вогняні кулі.

Богині наповнювали вогняні кулі все більшою енергією, аж поки не здалося, що розлючені сфери ось-ось вибухнуть. Тоді вони відправили їх у дорогу, щоб знайти і розбити надію, яка жила в серцях їхніх ворогів.

Перша вогняна куля вилетіла до найдальшого пункту призначення, щоб зустріти і знищити І-Зі,

Лачі та Малюка. Вогняний об'єкт розпадався по дорозі, розбиваючись від величезної швидкості, поки не став розміром з кулю для боулінгу. Він націлився на нічого не підозрюючу трійцю, проти якої наступав.

Саме датчики інвалідного візка І-Зі попередили його про небезпеку, що наближалася, завдяки модернізації Хадза та Рейкі. GPS виявив неживий об'єкт, який швидко рухався прямо на них.

"Щось рухається прямо на нас!" крикнув І-Зі. "Давай приземлимося і заберемося з його шляху".

"Гаразд", - сказав Лачі, коли трійця приземлилася.

Але вогняна куля слідувала за ними, наче мала власний маячок. Як би низько вони не спускалися, вона не відставала від них.

Вони зупинилися, зависли, згрупувалися - не знаючи, чи приземлятися зараз, чи спробувати перехитрити його в інший спосіб. Якщо вони приземляться, а потвора піде за ними, вона може вбити або поранити інших. Вони не хотіли наражати інших на небезпеку, адже воно переслідувало їх.

"Що ж нам робити?" запитав Лачі.

"Ви з Малюком сховайтеся в укритті, а я зі своїм кріслом розберуся з цим".

"Ми тебе не залишимо!" вигукнув Лачі, і Малюк кивнув.

"Гаразд, тоді ставайте за мною", - сказав І-Зі. Він знав, що він і його візок куленепробивні, але чи захищені вони від вогняних куль? Він збирався це з'ясувати через 5, 4, 3, 2, 1.

Малюк витягнув шию, заревів, роззявивши рота так широко, як тільки міг - і вогняна куля влетіла прямо в нього. Очі дракона вирячилися, а губи затремтіли, коли він стримував вогняного звіра всередині. Потім він полетів, а Лачі з останніх сил тримався за його шию, летів далеко і далеко, шукаючи місце, де можна було б звільнитися від того, що палило його зсередини.

Нарешті вони знайшли місце, де можна було безпечно скинути його в море. Немовля відкрило ротик, і воно вилетіло. Все ще палаючи, воно ковзало по воді, наче було сповнене рішучості залишитися в живих, але врешті-решт воно здалося і зашипіло, занурюючись в океан.

"Так!" вигукнув І-Зі. "Так тримати, Крихітко!"

Малюк і Лачі повернулися до І-Зі: "Що сталося?"

"Малюк був неймовірний! Він впустив вогняну кулю в море. Тепер це просто ще один камінець".

"Дякую, Крихітко", - сказав І-Зі. "Це було трохи занадто близько для комфорту."

"Згоден. І Малюк заслуговує на частування. Щось прохолодне для його горла."

"Все, що забажає Малюк", - сказав І-Зі. "Давай спустимося і зробимо перерву, перш ніж продовжимо."

Лачі обійняв Малюка за шию, і вони спустилися вниз, щоб обтрусити свою першу і, як вони сподівалися, останню зустріч з божевільною вогняною кулею.

"Як ти думаєш, це були "Фурії"?" запитав Лачі.

"Не думаю, що вони про нас знають. Тобто, вони знають, що ми існуємо, але не знають подробиць.

"Ця штука націлилася на нас. Намагалася вбити нас. Кому ще може бути потрібна наша смерть?"

"Ти маєш рацію, воно йшло прямо на нас. Можливо, це просто збіг. Я сподіваюся."

"Хіба ми не повинні попередити інших?"

І-Зі подивився на свій телефон. Він був порожній. "Моя команда може дати собі раду, і я не хочу їх лякати. Будемо сподіватися, що це лише один раз".

***

"**Ф**урії" відправили другий вогняний диск у напрямку Йокогами. Літак Альфреда і Харуто вже стояв на злітній смузі, готуючись до зльоту.

Вогняна куля полетіла до них, але вибрала невдалий маршрут - повз 59-футового робота, який простягнув руку, зловив її, а потім розчавив. Попіл згорів на платформі внизу.

В аеропорту літак Альфреда і Харуто благополучно злетів, і пара так і не дізналася, що вони були мішенню.

***

Третя і остання вогняна куля полетіла в напрямку Фенікса, штат Арізона. Вона літала по колу, годинами шукаючи свою ціль, але так і не змогла її знайти.

Маленька Дорріт була винятковим єдинорогом, у її розпорядженні був щит проти виявлення, і він завжди був напоготові. Зрештою, захист своїх пасажирів був ключовою роллю Крихітки Дорріт.

Після безцільних польотів полум'яна куля, замість того, щоб розпастися, збільшувалася в розмірах, аж поки не досягала розмірів комети. Тоді вона повернулася додому до своїх законних власників - "Фурій".

Полум'яний об'єкт, який не відрізняв друзів від ворогів, годинами ганявся за верескливими фуріями по Долині Смерті. Вони рятувалися втечею, поки Тісі не вимовила заклинання.

Спочатку куля зупинилася в повітрі, і три богині із задоволенням спостерігали, як вона падає в казан і вкривається грибним рагу.

Алі підлетіла до нього, притискаючи кришку.

Тоді Фурії закинули голови назад і почали знущатися над ним, танцюючи, співаючи і сміючись.

Аж поки всередині казана не почувся хлопок. Немов зерна попкорну, що нагріваються. Звуки ставали гучнішими, оскільки кришка казана вм'якла зсередини, і врешті-решт піднялася настільки, що новонароджені вогняні кульки змогли вирватися назовні.

Маленькі вогняні кульки, не маючи куди подітися, націлилися на "Фурії", переслідуючи їх, поки вони один за одним не вилетіли назовні.

Заспівані, виснажені та роздратовані три богині покликали Еріеля, щоб він прийшов їм на допомогу, але цього разу він не відповів.

***

Поки він летів далі по небу сам, а Лачі та Малюк рухалися повільніше через побічні ефекти від того, що Малюк проковтнув вогняну кулю, Е-Зі оцінював свою команду. Кілька разів у черзі він отримував повідомлення, які підтверджували, що вони теж думають про нього.

Лія надіслала повідомлення, яке підтверджувало здібності Бренді, а Альфред зробив те саме щодо здібностей Харуто.

І-Зі не відповів їм взаємністю, розповівши про здібності Лачі. Замість цього він хотів перевірити, як він і його команда з семи чоловік (включаючи Чарльза) зможуть протистояти трьом могутнім, але злим богиням.

Проводячи інвентаризацію в голові, він нагадав собі про активи своєї команди:

"Я можу літати, як і мій стілець. Ми куленепробивні, а я суперсильний. Я хороший лідер, я розумний і маю сильну емпатію.

Лія - запальна, співчутлива, добра, розумна, вміє читати думки і бачити майбутнє.

Альфред - сильний духом, розумний, і як найстарший член групи мудрий з віком. Він чуйний, іноді може читати думки і зцілювати хворих.

Лачі спілкується з істотами. Він самотній, але це не його вина. Він чуйний, розумний. Він знає, як вижити всупереч усьому, і його здібності до маскування стануть йому в нагоді.

Харуто - наймолодший, але він уміє виживати. Він уміє ставати невидимим.

Бренді вмирала - кілька разів - і знову поверталася до життя. Вона точно виживе.

Останній, але не менш важливий - Чарльз Діккенс. Його здібності невідомі. Але він розумний, чуйний і вміє пристосовуватися.

Використовуючи свій телефон, коли у нього було достатньо батончиків, він шукав історичні документи в Інтернеті, щоб з'ясувати, які здібності принесуть "Фурії" до столу:

Надлюдська сила.

Витривалість, включаючи високу толерантність до болю.

Життєздатність.

Спритність, як у павука.

Стійкість до травм і надшвидке зцілення.

Політ.

Перевтілення - у форму іншої людини.

Невидимість.

Вони можуть завдавати болю своїм жертвам.

Мег може виділяти паразитів. ТЬФУ.

Хвилинку, тут сказано, що "Фурії" історично уособлювали правосуддя. Тут сказано, що в минулому вони шкодили лише злим і винним... що добрим і невинним не було чого боятися. То що ж змінилося? Чому вони відчули потребу вбивати невинних дітей, використовуючи для цього гру?

Він читав далі, цікавлячись, як саме вони вбивали дітей. Згідно з легендою, "Фурії" ніколи не завдавали фізичної шкоди жодному з винуватців. Натомість вони використовували почуття провини - щоб звести їх з розуму.

Він згадав про хлопчика, який намагався його застрелити. Вони переконали його, що якщо він не зробить те, що вони скажуть, вони зашкодять його родині. Йому було цікаво, де зараз той хлопець. Може, він в одному з Ловців Душ?

Він продовжив пошуки, щоб дізнатися, чи здатні "Фурії" на милосердя, але не знайшов жодного доказу цього.

Він додав до списку те, що вони вже знали: "Фурії" були смертними. Це була єдина спільна риса між ним і злими богинями, і йому та його команді потрібно було знайти спосіб використати її на свою користь.

Лачі та Крихітка наздогнали І-Зі.

"Як справи у Малюка?" - запитав він.

"Йому вже краще", - відповів Лачі.

Малюк закинув голову, заревів і помчав вперед.

"Зачекай на мене!" заплакав І-Зі.

РОЗДІЛ 8
THE FURIES - "ФУРІЇ

З огидним відчуттям надії, що все ще смерділа в повітрі, "Фурії" чекали. Вони полагодили спалений одяг і підстригли обгоріле волосся. На щастя, змії залишилися неушкодженими. Щоб виглядати презентабельно до прибуття гостя.

Він був їхнім благодійником. Той, хто повернув їх на землю. Запропонувавши їм облаштувати базу в невидимому серці Долини Смерті.

Перед невдачею з вогняною кулею вони бачили знаки. Знаки того, що тепер все оберталося проти них. Зміни - це добре, але тільки якщо вони їх контролюють. Їхній час наближався. Вони мали бути готовими до руху. Все оберталося на їхню користь. Все, що їм потрібно було зробити, це дочекатися цього. А потім бути готовими накинутися.

"Еріель", - прошипіла Мег.

Архангел, їхній улюблений лідер, нарешті прибув.

"Що нового?" запитала Тісі. "Нам огидна вся ця надія, що витає в повітрі".

"Так, ця надія пригнічує нас", - співали Тісі та Еллі, танцюючи навколо палаючого вогнища.

Він спостерігав за ними, танцюючими голими, як баньши. Тріщали їхні батоги, а змії, які були у них замість рук і волосся, вислизали і безладно плювалися.

Еріель спустився на них чорною хмарою, приземлився, а потім склав крила. Його величезний зріст робив фурій схожими на ляльок. Він стояв, тримаючи руки на стегнах, потім опустився на одне коліно, щоб стати на один рівень з ними. Це був його спосіб опуститися до їхнього рівня, водночас залишаючись над ними. Він хотів, щоб вони знали, що це вони працюють на нього, а не навпаки. Він втомився повторювати це сестрам, але боявся, що це був єдиний спосіб тримати їх у покорі.

"Немає ніякої надії - не тепер, коли ми працюємо разом, - сказав Еріель. "І не смійся. Ну, гадаю, ти можеш сміятися. Це те, що я зробив, коли вперше почув, що вони посилають команду дітей вбити вас".

Фурії були в істериці. Їхні голоси луною розліталися по всій Долині Смерті і розлякали всіх птахів.

"Ці ідіоти!" сказала Мег.

"Ми будемо їсти цих дітей на сніданок, обід і вечерю", - сказала Тісі, облизуючись.

"Ми не їмо дітей", - сказала Алі. "Але ти смішна, сестро. Нам потрібні лише їхні душі. Але я не можу пригадати, ЧОМУ вони нам потрібні. Поясни ще раз, дорога сестро."

Мег сказала: "Ми виконуємо волю Еріеля. Він хоче Ловців Душ, і ми дістанемо їх для нього. Як тільки ми виконаємо його вимоги, ми знову станемо Дочками Нікс - Добрими - і будемо правити ніччю і робити все, що нам заманеться".

"Тоді, якщо я захочу скуштувати одного з дітей - я зможу це зробити, так?" запитала Тісі. "Мені завжди було цікаво, які вони на смак". Вона закотила очі і понюхала повітря. Змія на її голові кинулася до нього.

Еріель насміхнувся. "Це не звичайні діти, як ті, яких ти переслідуєш в іграх. Це обдаровані діти, з силою і здібностями. Тим не менш, я буду тримати тебе в курсі, і тобі знадобиться моя допомога".

"Твоя допомога? Перемогти дітей, немовлят?!" - засміялася трійця, і вони пурхнули, відриваючись від землі за допомогою своїх потужних крил кажана. "Ми переможемо їх ще до того, як вони завдадуть удару". Змії зашипіли і плюнули на знак згоди.

"Як ми зробили в білій кімнаті. Як ми зробили з їхньою подругою Розалі. Вона не сказала нам, кого за нами послали. Ми хотіли знати і втомилися чекати, поки ти нам скажеш. Тож ми її вбили, - сказала Меґ.

"Так, і ви ледь не видали гру! А ще шкода, що ви не забрали її душу і не поклали її в Ловець Душ, - сказав Еріель. "Тепер залишилися незакінчені справи. А незакінчені справи можуть стати зачіпкою для тих, хто їх шукає".

Вони подивилися в небо і побачили смугу кольорів, схожу на веселку, яка тягнулася з одного боку в інший. Тільки це була не веселка, а енергія.

Енергія тих, кого архангели залучили для того, щоб зробити те, на що вони самі були нездатні.

"Ми знаємо, що вони прийдуть - і у них не буде жодного шансу проти нас!" закричала Тісі.

Ну, їм вдалося перемогти ті інфантильні вогняні кулі, які ви послали!" - вигукнув Еріель. вигукнув Еріель. "Це була така погана і дилетантська спроба! Мені стало соромно працювати з тобою! Добре, що ніхто не знає про наш зв'язок".

Стиснувши кулаки і зуби, "Фурії" не зрушили з місця, поки Аллі не розтопила лід.

"Сестри, його думка про нас не має значення. Ми зробили все, що могли. Варто було спробувати. До того ж, у нашому розпорядженні вже є багато душ". Вона помішувала каструлю, сьорбаючи суп з ополоника, а потім випльовувала його. "Забагато солі", - сказала вона. Вона додала води, потім лісових грибів і трохи молодої картоплі. "І ми збираємо все більше дитячих душ щодня. Я втомилася чекати тут, коли до нас прийдуть маленькі супергерої. Щоб вони організувалися. Коли вони зберуться всі разом, чому б нам просто НЕ ВБИТИ їх?"

"Сестро, ти повинна бути терплячою."

"Я втомилася бути терплячою. Я втомилася, я просто втомилася", - сказала Алі. Вона помішала і, вкинувши кілька диких трав і спецій, спробувала суп, і він був смачний. "Вечеря готова", - сказала вона.

"Ти будеш терплячою і не будеш діяти - поки я не скажу тобі діяти. Це моя гра, і я запросила вас до неї. Без мене ви просто три нікчемні богині, які проспите решту свого життя". Він копнув черевиком пісок. "І дуже шкода, що вам доводиться споживати людську їжу. Це дуже погано - адже тепер вам потрібно харчуватися, щоб вижити. Коли я буду правити землею і всі Ловці Душ оселяться тут, я оголошу ЗЕМНУ ПАУЗУ. Я буду правити землею, якщо ви будете грати в цю гру правильно. Якщо ви зробите так, як я вас попрошу, то будете на моєму боці. Розділимо виграш. Якщо ж підете проти мене, то повернетеся в прах".

Після того, як він вимовив слово "пил", він розкрив свої руки і крила, відірвався від землі і зник.

Фурії співали разом, сьорбаючи суп. Змії, які були найголоднішими, вилизували його, і хоча вони вичистили горщик, їм все одно хотілося ще.

"Тепер, коли він пішов, - сказала Мег, - давайте поговоримо про нашу власну кінцеву гру".

Тісі й Аллі розсміялися.

"Еріель вірить, що він поверне нас до нашого стану Богині, але ми не дозволимо цьому архангелу захопити землю. Хто може сказати, що він не залишить нас у поросі, коли ми виконаємо всю роботу? Архангели не завжди виконують свої обіцянки. Ми ж не зобов'язані виконувати свої, чи не так, сестри?"

"Кого він вважає Обраним?" - запитала Алі. запитала Алі.

Мег розсміялася. "Він не обраний нічим і ніким - але він все одно нам потрібен".

"Так", - сказала Тісі. "Його самозакоханість - це його недолік". Вона знизила голос до шепоту: "Щоразу, коли він говорить, він послаблює себе. Кожного разу, коли він зраджує інших архангелів, він віддає трохи більше своєї сили".

Сестри знову заспівали:

"Кров завербованих дітей буде завтрашньою юшкою.

А коли поїмо, то розважимось з обручем".

Меґ підхопила пісню,

"Діти, діти, злі маленькі і винні, як гній.

Якщо нам пощастить, ми з ними розпрощаємось!"

заспівала Еллі,

"Дочки Темряви проти дітей, які нічого не розуміють.

Небо проллється кров'ю, перш ніж ми закінчимо!"

Вони реготали і шипіли, клацаючи батогами і танцюючи, поки місяць піднімався все вище і вище в небі. Знесилені, вони впали на землю і заснули в грязюці. Змії надали перевагу такому положенню - і теж заснули - замість того, щоб шипіти і рухатися всю ніч.

"На добраніч, сестрички", - промовили вони по колу, так само, як це робили люди, дивлячись по телевізору через супутникову антену "Волтонс". Це була одна з їхніх улюблених передач. "А вранці ми повернемося до плану".

РОЗДІЛ 9
PAFHS9

Це було змагання для Сема і Саманти, які чекали, яка група дітей повернеться першою. Переможець повинен був прокидатися з близнюками щоночі протягом цілого місяця, тому ставки були високими.

Сем вибрав І-З, Лію, потім Альфреда. Саманта вибрала Альфреда, І-З, потім Лію.

"Але ж E-Z в Австралії", - дорікнула Саманта. "Ти все одно програєш. Я буду думати про тебе - НІ - коли не спатиму ночами протягом місяця".

"Ти вибрала Альфреда, і він летить літаком! Ти ж знаєш, як вони завжди перебронюють квитки і рідко дотримуються розкладу. А E-Z може приїжджати і від'їжджати, коли йому заманеться, і його інвалідний візок пересувається напрочуд швидко! Я так хочу виграти, і я настільки впевнений, що підсолоджую ставку і зроблю її на шість місяців. Чи готові ви збільшити ставку?"

Саманта обміркувала цю нову пропозицію. Такі парі можуть зашкодити їхньому шлюбу, а їм і так не вистачало сну, адже обом доводилося прокидатися щоночі, щоб доглядати за двійнятами. Вона обійняла його: "Давай зробимо все просто. Один місяць".

"Курча", - сказав Сем, обіймаючи дружину. Він поцілував її в чоло, коли Джилл застогнала, і Джек незабаром приєднався до неї. "Я піду", - сказав він.

"Ходімо разом, - сказала Саманта, взяла чоловіка за руку, і вони пішли вниз по коридору.

Маленька Дорріт неслася назад на великій швидкості.

"Може, спустимося вниз і вип'ємо чогось?" запитала Бренді.

"Ні", - відповіла маленька Дорріт.

"Ходімо, - сказала Лія, - це займе всього пару хвилин".

"Не хочу вас лякати, - сказала маленька Дорріт, - але у мене погане передчуття, і я хочу, щоб ми якнайшвидше пішли звідси".

"Гаразд", - погодилися дівчатка.

Вже майже вдома, Лія надіслала Саманті повідомлення, що вони будуть вдома за кілька хвилин.

"Ах, ми обидві були неправі!" - сказала вона.

"Але одному з нас все одно доведеться щоночі прокидатися з близнюками", - сказала Сем.

"Будемо по черзі", - сказала Саманта, і вони з Семом, коли двійнята вмостилися спати, вийшли в сад. Незабаром вона побачила маленьку Дорріт, яка заходила на посадку.

Лія і Бренді зістрибнули.

"Це було дуже круто", - сказала Бренді. "Дякую, маленька Дорріт". Вона обійняла єдинорога, який відповів: "Будь ласка".

"Так, дякую, що доглядав за нами", - сказала Лія.

"Наглядаючи за вами, були якісь проблеми?" запитав Сем.

"Нічого такого, з чим би я не змогла впоратися", - відповіла маленька Дорріт. "А тепер, якщо я вам більше не потрібна, я б хотіла попити води і перекусити.

"Іди, - сказав Сем, - і дякую за те, що доглядаєш за нашими дівчатками".

Маленька Дорріт підморгнула Сему, потім побігла і незабаром зникла з поля зору.

Після знайомства з Семом і Самантою Бренді зателефонувала додому, щоб повідомити матері, що вони благополучно дісталися.

Через кілька годин прибули Альфред, Чарльз, Харуто і його бабуся. Як і раніше, відбулося знайомство, до якого долучилися Бренді та Лія.

"Ти не можеш бути Чарльзом Діккенсом", - сказала Бренді, піднявши брови. "А ти просто дитина, ледь з пелюшок вийшла", - сказала вона Харуто, який у відповідь закрутився і став невидимим.

"Ой!" вигукнула Бренді. "А ти, ти ж великий пернатий лебідь! Як ти допоможеш нам перемогти "Фурій"?"

"По-перше, - почав Альфред, - ти набагато грубіший, ніж повинен бути. Навіть у такого недосвідченого лебедя, як я, є манери."

"Аната ва гакідесу!" сказала бабуся Харуто, що в перекладі означає "Ти негідник!"

Невидимий Харуто хихикнув.

Лія втрутилася і вибачилася: "Я поясню їй. Вона в порядку. Просто дай їй трохи часу, щоб освоїтися",

- сказала вона. "Я не знала, доки не побачила на власні очі, на що здатен Харуто". До маленького хлопчика вона сказала: "Повернися, Харуто, будь ласка". Вона не хотіла тебе образити".

"Вибач", - сказала Бренді, опустивши очі в підлогу.

Харуто повернувся, то зникаючи, то з'являючись. Він стояв, обійнявши бабусю за талію. Альфред і Чарльз наблизилися до них.

"Ми щойно з літака і дуже втомилися - тож ми підемо освіжитися. Коли ми повернемося, сподіваюся, ви одягнете на неї повідець або заклеїте їй рота скотчем. Або навчиш її гарним манерам", - сказав він, а потім попрямував коридором з двома іншими на буксирі.

"Ого!" сказала Бренді. "Просто ВАУ! Я ж вибачився".

"Ні, він був правий", - сказала Лія.

Саманта сказала: "Ти тепер у нашому домі, і ми не дозволимо тобі бути грубим з кимось".

Сем склав руки на грудях, коли близнюки знову почали плакати.

"Вони, мабуть, голодні. Не хвилюйся, я впораюся", - сказала Саманта, але перед тим, як піти, подивилася на Бренді.

"Бренді, ти в незнайомому місці, де ти ще нікого не знаєш, окрім Лії та маленької Дорріт, - сказала Сем. Якщо ти хочеш бути частиною цієї команди, перемогти "Фурій" - тоді ви повинні працювати разом. Ображати своїх товаришів по команді - не найкращий спосіб почати. Я б порадила тобі ще раз вибачитися, коли вони повернуться, і попросити почати все спочатку".

Очі Бренді наповнилися сльозами: "Я просто була здивована, побачивши інших членів команди, з якими мені доведеться працювати. Але ви маєте рацію, я ще раз вибачуся і попрошу ще один шанс. Сподіваюся, вони мені пробачать. Мама завжди каже, що я надто відверта, і це не на мою користь".

Лія посміхнулася. "Ти полюбиш Альфреда, коли познайомишся з ним ближче. З Чарльзом я теж вперше зустрічаюся особисто. Чарльз потрапив у дивну ситуацію. Коли йому було десять років, це було в 1822 році. Подумайте про це. І я теж вперше зустрічаюся з Харуто та його бабусею".

"Це божевілля! Джеймс Монро був тоді президентом - і він був нашим п'ятим президентом!" Бренді хрюкнула. Вона ніжно штовхнула Лію ліктем: "Мама з татом були б дуже вражені, що я пам'ятаю цю інформацію! А хлопець, я маю на увазі Харуто, він, здається, занадто молодий, щоб ризикувати своїм життям".

Лія розсміялася, і Сем приєднався до неї, а потім, почувши, що дружина кличе його допомогти з близнюками, вибіг з кімнати.

Чарльз відповів: "Георг IV був на троні, коли я був тут востаннє. Принаймні, я можу не турбуватися про повернення до робітного дому наступного року", - сказав він з посмішкою, яка швидко зникла.

Лія мимоволі скрикнула, а Бренді розплакалася і сказала: "Мені так шкода, Чарльзе".

"А, так ти чула про робітничі будинки", - сказав він. "Але я тут, я пережив це і, очевидно, використав свій досвід, щоб написати про таких персонажів, як Олівер Твіст і маленька Дорріт, і це лише два з них. Так, я читав про себе в інтернеті і мушу сказати, що навіть сам був вражений".

"Ти ще не знайома з маленькою Дорріт-єдинорогом, - сказала Лія. "Вона пішла підкріпитися, але скоро повернеться".

"Хто?" запитав Чарльз.

За командою Маленька Дорріт знову з'явилася над їхніми головами і зробила швидку посадку.

"Крихітко Дорріт, це Чарльз Діккенс. Чарльзе, це Крихітка Дорріт", - сказала Лія.

Чарльз втратив дар мови, коли дружній єдиноріг притулився до нього. "Я ніколи не думав, що за мільйон років зустріну єдинорога".

"Приємно познайомитися з тобою, Чарльзе", - сказала маленька Дорріт.

Чарльз ахнув: "Та ще й такий розумний і балакучий!" У нього було мільйон запитань до неї, але з ними доведеться почекати, бо в небі І-Зі, Лачі та Малятко заходили на посадку. "Я не сплю чи бачу сон?" запитав Чарльз. "Ущипни мене, щоб переконатися".

Коли Малюк приземлився, а Лачі зійшов з коня, всі почали знайомитися, а Е-Зі кинувся всередину, щоб сходити в туалет. Коли він повернувся, до них приєдналися Сем і Саманта з близнюками на буксирі, Харуто та Альфред.

"Вся банда в зборі", - сказав Альфред.

"Можна поговорити з тобою і Харуто?" - запитала Бренді. Коли вони кивнули, вона сказала: "Мені дуже, дуже шкода. Будь ласка, пробачте мені мою грубість і дайте мені другий шанс". Вона подивилася на свої ноги.

"Давайте почнемо спочатку", - сказав Альфред.

"Сайкай суру", - сказав Харуто, а потім переклав: "Те, що він сказав".

"Anata wa yurusa rete imasu", - сказала бабуся Харуто, що в перекладі означає "Тебе прощено".

Малюк і маленька Дорріт, що стояли пліч-о-пліч, були дуже дивним видовищем. Маленька Дорріт не була маленькою, вона була єдинорогом, зріст якого перевищував 8 футів, тоді як Малюк був зовсім не маленьким, оскільки його зріст перевищував 18 футів.

"Я думаю, що вам двом, - звернувшись до Малюка і Крихітки Дорріт, - потрібно знайти інше місце для ночівлі, бо в саду для вас двох буде замало місця", - сказав І-Зі.

Маленька Дорріт відповіла: "Я знаю одне місце, і ми зможемо знайти щось смачненьке поїсти і води напитися".

"Звучить непогано", - сказала Малятко.

Бабуся Харуто погладила малюка по голові і запитала: "Josha wa dodesu ka?", що в перекладі означає: "Хочеш покататися?".

Малюк відповів: "Tashika ni, tobinotte!", що в перекладі означає: "Звичайно, застрибуй!"

Харуто підбіг і сказав: "Matte watashi o wasurenaide!", що в перекладі означає: "Зачекай, не забудь мене!"

Малюк опустився вниз, щоб Харуто з бабусею могли залізти йому на спину. Вони полетіли, а маленька Дорріт слідувала за ними поруч.

Сем сказав: "Гадаю, усім треба влаштуватися, а завтра ви зможете поговорити і спланувати все досхочу".

"Гарна ідея", - сказав І-Зі, коли Малюк висадив Харуто і його бабусю. Волосся Собо стало дибки, наче вона засунула палець у розетку.

Оскільки бабуся Харуто втратила дар мови, Саманта повела її до своєї кімнати. "Харуто спить у моїй кімнаті", - сказала вона.

"Звичайно, я зараз повернуся". Вона попрямувала коридором до кімнати Ю-Зі.

"Як все пройшло?" запитала Ю-Зі у Харуто.

"Субараші!" - вигукнув він, що в перекладі означає "Фантастично!"

"Сьогодні нам привезли дитяче ліжечко і кілька двоярусних ліжок, - сказав Сем, - тож Харуто, Чарльз і Лачі, ви з Ю-Зі та Альфредом будете спати в їхній кімнаті. Альфред спатиме в кінці ліжка Ю-Зі".

"Дякую", - сказав Ю-Зі, коли вони попрямували до його кімнати. "До речі, - запитав він, коли вони залишилися наодинці, - у когось із вас були проблеми на зворотному шляху?"

Альфред сказав, що ні.

"А в тебе, Ліє?" - запитав він подумки.

"Ні."

"То що ж сталося?" запитав Альфред.

"Ну, у нас на шляху була вогняна куля".

Лія затамувала подих.

"Але завдяки швидкому мисленню Малюка, вона була знищена".

"Як йому вдалося її знищити?" запитав Альфред.

"Малюк проковтнув його, а потім викинув в океан".

"Це страшно", - сказав Харуто.

"Я все ще трохи хвилююся за Малюка, - сказав Ю-Зі, - тому що на зворотному шляху я помітив, що він кілька разів кашляв і чхав".

Лачі сказав: "Одного разу у нього навіть іскри вилетіли з рота і ніздрів. Він каже, що з ним все гаразд, але я пильно стежу за ним".

"Ми ж не можемо відвезти його до ветеринара?" сказав Альфред.

Харуто засміявся і засміявся.

"Що тут смішного?" запитав І-Зі.

"Хіорі Дораґон", - відповів він. "Хьорю Дорагон!" - що перекладається як драконячий ветеринар - і він знову зареготав зі сміху.

Альфред і І-З знизали плечима, як і Чарльз, який змінив тему, запитавши, чи не думають інші, що їм слід придумати нову назву для своєї команди, оскільки тепер їх семеро замість трьох.

"Можливо", - відповів І-Зі.

"Які наші ключові характеристики?" запитав Чарльз.

"Обіцянка", - запропонував Харуто, заспокоївшись і переставши сміятися.

"Прагнення, - сказав Чарльз.

"Віра", - сказав Ю-Зі.

"Надія", - сказав Альфред.

Саманта кілька хвилин прислухалася за дверима. Все звучало досить дружелюбно, тому вона повернулася, щоб поговорити з бабусею Харуто.

"Харуто вже освоївся з іншими хлопцями і вони спілкуються. Якщо хочеш, можеш завтра перевезти його сюди. У нього там є власне ліжечко. Вони планували нову назву для своєї команди супергероїв - тож я не хотіла переривати їхній мозковий штурм".

Бабуся Харуто кивнула: "Дякую".

Лія та Бренді тепер були залучені до розмови між кімнатами.

"Сила х 7", - запропонували дівчата.

"Вона іноді може читати наші думки", - підтвердив І-Зі.

Чарльз вигукнув: "А як щодо PAFHS7?"

"Мені подобається, - сказала І-Зі, - але чи не забуваємо ми про двох ключових членів нашої команди? Я маю на увазі Маленьку Дорріт і Малюка. Вони є невід'ємними членами і вже кілька разів рятували наші дупи".

Альфред повторив ці слова, як і Харуто.

"А як же PAFHS9!" вигукнули Лія та Бренді.

PAFHS9 не втрималися і розсміялися - аж поки не почули, що хтось ходить над їхніми головами по даху.

"Що це в біса було?" запитав I-Зі.

"Ю-ху! Це ми!" сказав Рафаель. "Еріель і я.

РОЗДІЛ 10
ШУМ НА ДАХУ

С ем подумав, що Різдво настало раніше, коли вискочив у халаті на вулицю, щоб дізнатися, що там за шум на даху. Він не міг розгледіти, хто там, аж поки не опинився посеред галявини перед будинком.

"Шшш!" - прошепотів він. "Ми щойно вклали дітей спати".

Архангели не відповіли. Замість цього вони похнюпили голови, як двоє посварених дітей.

"Хочете зайти всередину?" - запитав він.

"Дуже дякую", - відповів Рафаїл.

ПУФ

ПОЛОНЕНИЙ

Вони з Еріелем зникли.

Сем не відразу піднявся з галявини. Його ноги були мокрі від роси на траві, і коли він засунув кулаки в кишені халата, то побачив, як маленькі Дорріт і Малюк кружляють навколо будинку.

"У вас там усе гаразд?" запитала маленька Дорріт.

"Так, - відповів Сем, - але про всяк випадок не відходьте далеко. Я свисну, якщо нам знадобиться допомога". Він махнув рукою і повернувся до будинку, який наповнився голосами і скреготом стільців. Він зціпив зуби і сподівався, що близнюки міцно сплять. На кухні він помітив, що всі прокинулися, окрім бабусі Харуто.

Рафаель, який сидів на чолі столу, тепер нагадував жінку, переодягнену медсестрою в готелі, коли було врятоване життя Альфреда. Її довга, струмлива сукня, схожа на випускну, підвищувала її статус серед інших, наче вона була сидячим професором або суддею.

Еріель, з іншого боку, змінив свою зовнішність так, що став схожим на померлого співака, чиєю фірмовою рисою було одягатися з голови до ніг у чорне, включаючи сонцезахисні окуляри в темній оправі.

"Нам потрібні ще стільці?" запитала Саманта.

"Гадаю, вистачить", - відповів Сем. "Сподіваюся, це не займе багато часу. До речі, І-Зі, ти сядеш на інший кінець столу, оскільки ти наш обраний лідер".

"Дякую", - відповів І-Зі, пересідаючи на своє місце. "То якого біса ви двоє тут робите посеред ночі?"

Бренді розсміявся: "А хто сказав, що я грубий?"

Лія сказала: "Тсссс".

Рафаель подивився на кожного з дітей. Вона вперше побачила Харуто, Чарльза, Бренді та Лачі. Вони всі були такі неймовірно юні, такі хоробрі. Її очі наповнилися сльозами, коли погляд впав на І-З. Вона схилила голову.

Ю-Зі зачекав, а потім зрозумів, що Рафаель просить його дати їй дозвіл говорити. Він кивнув.

Перш ніж заговорити, Рафаель поправив її нові окуляри. Це змусило І-З поправити свої старі окуляри, які він, на прохання їхнього попереднього власника, ніколи не знімав з обличчя.

Чарльз, який дуже нехарактерно ставав все більш нетерплячим, запитав: "Мадам, чому я тут як десятирічний хлопчик, коли я був би набагато кориснішим для цієї команди як дорослий".

"ТИША!" вигукнув Еріель, стукаючи кулаками по столу. "Ми маємо слово. Говори, сестро, бо ці діти стають дедалі нетерплячішими. Їхні очі мерехтять і бігають по кімнаті. Ніби чекають, що ти зараз кинеш їх у гарячі чани з воском!"

"Як грубо!" вигукнув Бренді. "Я тебе не боюся!"

"Ш-ш-ш", - прошепотіла Лія.

Чарльз посміхнувся до Бренді.

"Ти повинна боятися", - сказав Еріель з гримасою. "Дуже боятися".

"До порядку! До порядку!" Рафаель заплакав, а вона почекала, поки всі розсядуться і заспокояться. "Ми зібралися тут цього вечора заради ВАШОГО блага". Рафаель сказав голосніше, ніж вона очікувала.

"Тут! Тут!" вигукнув Еріель.

"Як так?" поцікавився І-Зі.

"Вона тобі скаже, якщо ти замовкнеш!" заявив Еріель.

Рафаель знову почекав, поки вона знову заговорить.

"Немає часу на хитромудрі плани або зволікання. Фурії сіють хаос, з кожним днем все більше і більше, викрадаючи Ловців Душ. Викидаючи старі душі у відкриту порожнечу. Там панує цілковитий хаос! І вони створюють його щосекунди, щохвилини, щогодини, щогодини кожного дня. Коротше кажучи, їх потрібно зупинити. Негайно."

"Але..." сказав Альфред, - "ти навіть не згадав про дітей".

Еріель підвівся зі стільця. Він витріщився на Альфреда, змушуючи його відвести погляд. "Вона ще не закінчила".

Рафаель продовжив, не вагаючись цього разу.

"Ми, Еріель і я, тут для того, щоб дати тобі пораду, не беручи безпосередньої участі. Наша місія - допомогти вам, допомогти вам самим врятувати дітей".

І-Зі зовсім не сподобалося, як це звучало. Він грюкнув кулаками по столу.

"Ми вже домовилися битися з "Фуріями". Спершу ми повинні підготуватися, розробити план. Коли ми будемо готові, ми знищимо їх. Якщо ви прийшли сюди, щоб підганяти нас, штовхати в бій, поки не настав час, то як обраний лідер, я хотів би відступити. Ми лише діти, а ви просите нас ризикувати життям. Я не хочу, ми не хочемо рухатися вперед, поки не будемо повністю готові".

Лія встала першою і почала аплодувати, а решта її команди приєдналася до неї.

"Те, що він сказав", - воркотів Альфред, бо лебеді не вміють плескати.

"Зачекай!" сказав Рафаель. "Ми тут не для того, щоб підштовхувати тебе, ми тут, щоб допомогти тобі".

Колір Еріеля змінився з білого на червоний, що дуже контрастувало з його чорним вбранням. Е-Зі та інші дивилися, як обличчя архангела продовжувало червоніти, боячись, що його голова може вибухнути.

"Заспокойтеся і сідайте!" наказав Рафаїл. Еріель зробив кілька глибоких вдихів, а потім опустився на своє місце.

Рафаель залишалася спокійною з високо піднятою головою. Вона відсунула стілець і підвелася. І продовжувала підніматися, поки не опинилася над усіма. Вона влаштувалася так, ніби їхала на чарівному килимі, і нахилила голову вправо, ніби позувала для селфі.

"Ми віддані вам і завданню, але наші сили мають обмеження. Якщо ви знайомі з приказкою "ми тут з вами духом", то це саме те, чим ми є. Сьогодні ми порушили всі правила, прийшовши до вас додому. Ми зробили це всупереч порадам нашого начальства і всупереч здоровому глузду.

"Прийшовши сюди, ми наразили себе на невидимі і невідомі небезпеки, але ви варті того, щоб ризикнути. Саме тому ми вирішили прийти і запропонувати свою допомогу особисто".

"Крім того, ми розуміємо, що ви розробляєте план, а ми тут як ваші консультанти. Ви можете протестувати його на нас, подивитися, чи він спрацює. Якщо ми помітимо якісь недоліки, ми вкажемо на них і допоможемо вам".

І-Зі подивився на членів своєї команди, які знову сіли на свої місця. "Ми розглядаємо варіант втягнути богинь у гру і перемогти їх там".

"О, я розумію, - сказав Рафаель. "Ти вважаєш, що можеш перемогти їх у їхній власній грі, так би мовити, розумно. Досить розумно, але, боюся, недостатньо розумно".

"Що ти маєш на увазі?"

"Вони з'ясували, як маніпулювати і контролювати всіх гравців у ігровому світі. Вони знають кожен трюк з книги - тому що індустрія спростила це, як тільки ви потрапляєте в гру. Щоб грати, треба вбивати. Щоб просуватися, треба вбивати. Щоб перемогти, треба вбивати.

"Усередині ігрового світу E-Z вам теж доведеться вбивати. Як тільки ви це зробите, ви станете чесною грою для "Фурій". Вони можуть захопити кожного з вас, одного за одним. Ви не можете виступати там як команда. Команди в грі - це лише ілюзія. Жоден гравець не уникне їхнього мстивого плану.

"Пам'ятайте, у богинь є мандат - карати непокараних. І вони виконують його беззаперечно, без жодних "якщо", "і" чи "але". Однак вони використовують сіру зону на свою користь. Ніщо не може їх зупинити - за умови, що вони дотримуються мандату". Вона зупинилася і подивилася на Еріеля: "Ти хочеш щось додати?"

"На вашому місці, - відповів він, - я б атакував їх у відкриту. Де і коли вони цього найменше очікують. Це поставило б вас у позицію сили і зробило б їх вразливими".

"Це якщо вони нас не побачать або не відчують, що ми йдемо за ними", - сказав Бренді. "Я досі не розумію, як вони вбивають дітей. Ми повинні це побачити, зрозуміти і знати, з чим ми маємо справу. Я сказав, що допоможу, але я, безумовно, очікував більш конкретної інформації".

"І-З, - запитав Рафаель, - ти можеш повернути мені мої окуляри? Ненадовго? З ними я зможу показати тобі техніку "Фурій". Як вони втягують дітей у гру в режимі реального часу. Бренді має рацію, побачити - значить повірити, але я не можу зробити це без своїх оригінальних окулярів. Тільки ви можете прийняти це рішення. Якщо ви дійсно хочете бачити. Якщо ти справді хочеш знати".

"Круто", - сказала Бренді. "Давай почнемо, І-З".

Еріель подивився на стелю. "Мене викликав Офаніель. Я мушу йти." Він вклонився.

ЗІП

Він зник у ночі.

Е-З зняв червоні окуляри і склав їх, перш ніж простягнути Рафаелю, який все ще ширяв над столом. Окуляри, коли вона потягнулася за ними, полетіли їй в руки.

Рафаель зняв з неї нові окуляри і відполірував старі, перш ніж надягнути їх на обличчя. Вона посміхнулася, і всі присутні в кімнаті спостерігали, як кров зміїним рухом рухається по оправі окулярів, ніби знайомлячись з нею.

Коли кров в окулярах повернулася до свого рафаелівського потоку, вона надягла їх на обличчя, а потім повернулася обличчям до стіни, коли з окулярів виходило потужне яскраве стробоскопічне світло, таке, яке можна було б побачити в кінотеатрі.

"Перш ніж ми почнемо, - сказав Рафаель, - це не для людей зі слабкими серцями. Те, що ви зараз побачите, має категорію "для дорослих". Я не думаю, що Харуто повинен це бачити".

Саманта сказала: "Ходімо, Харуто. Ми з тобою подивимося телевізор в іншій кімнаті".

Вони пішли. І шоу почалося.

На екрані був маленький хлопчик. Близько семи, може, восьми років. Хоча це було посеред ночі, він сидів перед комп'ютером. На голові у нього були навушники. Перед його ротом був крихітний мікрофон, який був прикріплений до навушників.

"Попався!" - сказав він. "Мені потрібно ще одне вбивство, і я перейду на наступний рівень".

А-А!

І вони теж це чули.

"Ти вбивця!"

"Тільки погані хлопці вбивають - а ти поганий хлопчик. Твоя мама знає, який ти поганий хлопчик-вбивця?"

"Я граю в гру", - відповів він. "Це лише гра, і якщо я не вб'ю, то не зможу просунутися далі".

"Бідолаха", - сказав І-Зі.

Тиша.

Хлопчик продовжив свою гру. Незабаром прийшов час вбивати знову. Цього разу він завагався.

"Давай. Ти вже вбивав одного разу, ти знаєш, що це було весело, тож давай, вбий ще раз. Ти ж знаєш, що хочеш цього".

"Ні!" - сказав він.

"Це не має значення. Одного вбивства достатньо!"

Потім шипіння знову стало дуже гучним, гучнішим, гучнішим, гучнішим.

"Припини!" - закричав він.

"Припини, Рафаелю!" закричала Лія.

"Я не можу", - відповів архангел. "Ви сказали, що хочете побачити, як вони це роблять. Якщо хтось із вас занадто наляканий, вийдіть з кімнати або закрийте очі. Бренді був правий, ви повинні побачити це на власні очі. Досі я теж цього не бачив".

А-А!

Продовжуй. Ти вже вбивав одного разу, ти знаєш, що це було весело, тож давай, вбий ще раз. Ти ж знаєш, що хочеш цього."

Продовжуй. "Ти вже вбивав одного разу, ти знаєш, що це було весело, тож давай, вбий знову. Ти знаєш, що хочеш цього."

Продовжуй. "Ти вже вбивав одного разу, ти знаєш, що це було весело, тож давай, вбий ще раз. Ти ж знаєш, що хочеш цього."

"Ла, ла, ла, ла, ла", - співав хлопчик. Намагаючись перекричати голоси.

"Він з'їхав з глузду", - сказав його друг, який теж грав у цю гру. "Я йду. Побачимося завтра в школі, Томмі".

"Ла, ла, ла, ла, ла!" Томмі продовжував співати.

Його пульс прискорився. Його серцебиття прискорилося. Воно стукало і калатало, ніби хотіло вирватися з грудей. Він не міг дихати. Він спробував встати, але ноги підкосилися.

Він почув голос у своїй голові. Він звучав як голос його матері, але це не був голос матері.

"Нам так соромно за тебе, Томмі. Ми не заслуговуємо на вбивцю для нашого сина!"

Другий голос, схожий на голос батька.

"Наш син не вбивця, хто ти такий? Ти не наш син".

Томмі заплакав.

"Я вбивця", - сказав він, падаючи зі стільця і згортаючись у клубок на підлозі.

Тепер з екрану ще два голоси. Його брат Алекс, його сестра Кеті, співали пісню разом з батьками, пісню, яка була покладена на популярну дитячу мелодію про шовковичний кущ. Їхня версія звучала так:

"Томмі - убивця, убивця, убивця, убивця, убивця, убивця, Томмі - убивця, і ми його більше не любимо".

Бідолашний Томмі залишився зовсім один.

"Не здавайся", - кричала Лія, хоча знала, що він її не чує.

На підлозі, згорнувшись калачиком, він уявляв, що навколо нього танцюють його мама, тато, сестра і брат. Вони кружляли над ним, як стерв'ятник над здобиччю.

"Томмі - вбивця, вбивця, вбивця, вбивця, вбивця, Томмі - вбивця, і ми його більше не любимо".

Маленьке серце Томмі було розбите. Воно виштовхнуло себе з його тіла і полетіло геть.

Фурії зловили його і запхали в Ловець Душ. Вони грюкнули дверима.

Рафаель зняв окуляри. Настінний проектор одразу ж вимкнувся. Коли вона повернула окуляри I-Зі, по її щоці скотилася сльоза.

Тиша за столом була оглушливою.

"У порівнянні з ними відьми, про яких писав Шекспір у "Макбеті", виглядають добрими", - сказав Альфред.

"Я не бачу, як моя здатність маскуватися або розмовляти з тваринами може допомогти, але не проти них", - сказала Лачі.

"Я вб'ю одного, помру, повернуся, вб'ю другого, помру, повернуся і вб'ю третього", - сказав Бренді. "Дозвольте мені накласти на них руки!"

"Хвилинку, - сказав І-Зі. "Тепер, коли ми це побачили, нам треба про це поговорити. Перш ніж занурюватися. Може, варто переголосувати? Наша участь має бути одностайною".

Сем заговорив. Не треба соромитися сказати "ні". Ніхто не призначав вас рятівниками світу".

"Він має рацію, - сказав Рафаель. "Ніхто вас не призначав, але немає нікого іншого, хто міг би це зробити.

"Чому ви, архангели, не можете цього зробити?" запитала Бренді.

"Ми спробували все, що знали, і не змогли. Тому ми прийшли до тебе, - сказав Рафаїл. "І я хочу вам усім пояснити одну річ... Якщо коли-небудь настане момент, коли ви будете боятися, що кінець близький, саме тоді ми прийдемо вам на допомогу".

"І як же ти збираєшся нам допомогти, якщо ти щойно сказав, що ти нікому не потрібен?" - запитав Чарльз. запитав Чарльз.

"Це я і хотів запитати", - відповів Бренді.

"Якщо, коли, кінець буде близький... нам, архангелам, дадуть інші сили. Поки вони не знадобляться, ці сили сплять глибоко в надрах землі.

"Тим часом, Е-Зі, ти знаєш чарівні слова, щоб закликати Еріеля на свій бік. Ці ж слова приведуть мене та інших, якщо ми тобі знадобимося.

"Ми прийдемо. Ми будемо битися пліч-о-пліч з тобою. Але, будь ласка, не змарнуй заклик. Щоб древні сили прокинулися, повинні бути безпомилкові докази того, що кінець людської раси неминучий".

"А якщо ми покличемо тебе, а сили, про які ти говориш, не прийдуть. Що тоді?" запитав І-Зі.

"Тоді ми помремо разом з вами".

І-Зі грюкнув кулаками по столу.

"Коли я бачу їх у дії, моя кров закипає. Ми повинні перемогти їх."

"Сюди! Сюди!" закричав Чарльз.

"Але спершу, - сказав Сем, - ти повинен розповісти дітям, перш ніж відправити їх на битву. Розкажи їм, як саме ти та інші архангели намагалися перемогти "Фурії".

"Ми влаштували їм пастку, коли дізналися, що вони повернулися. Вони зрадили нас, видали нас, а потім перебралися в Долину Смерті. Долина Смерті тепер поза межами досяжності для архангелів."

"За межами? Хто зробив її такою?"

"На це питання я не можу відповісти. Все, що я знаю, це те, що команда надзвичайно могутніх архангелів не змогла прорватися через захисні бар'єри, які вони встановили".

"І це все?" запитала Бренді. "Це все, що ви спробували, і ви хочете, щоб ми взяли на себе відповідальність. Дійсно".

Рафаель поклала руки на стегна: "Ми архангели, і наші сили на землі обмежені". Вона засміялася: "Наші сили в інших місцях теж обмежені".

"Гаразд, гаразд", - сказав І-Зі. "Ми зрозуміли. У нас немає вибору, не зовсім, але залиш це нам".

"Дуже добре", - сказав Рафаель. "Але перш ніж я піду, Чарльзе, я хотів би відповісти на твоє запитання. Архангели не викликали і не звільняли тебе. Ми вважаємо, що твоє перебування тут випадкове.

Ми також не думаємо, що "Фурії" знають про тебе. Можливо, ти - таємна зброя. Можливо, в тобі прихована величезна сила.

"Ти казав, що хотів би, щоб тебе повернули дорослим чоловіком. Твій вік сьогодні значущий. Ми віримо, що діти тримають майбутнє людства в своїх руках. Тільки діти можуть перемогти чисте зло".

"Але чому тільки діти?" запитав Чарльз.

"Тому що вони народжуються з чистим серцем", - відповів Рафаель.

Чарльз сів трохи вище на своєму місці.

Рафаель продовжив: "Чарльзе Діккенс, не бійся експериментувати і відкривати своє справжнє "я". Усередині тебе можуть бути двері, які тільки ти можеш відчинити. Ключ.

"Сам факт того, що між вами, Ю-Зі та Семом, існує кровний зв'язок, має велике значення. Не бійся ризикнути всім, щоб знайти цей ключ. Ти тут, щоб допомогти врятувати людство. У цьому немає жодних сумнівів. Використовуйте свій час тут з розумом. Зроби щось корисне".

Чарльз розплакався; до цього моменту він відчував себе непотрібним. Інші втішали і заспокоювали його.

"Щасти вам усім", - сказав Рафаель. ВІЙСЬКОВОПОЛОНЕНИЙ.

І її не стало.

"Коли ми переживемо це, - сказала Лія, - а ми переживемо, ми влаштуємо найбільшу вечірку з нагоди перемоги".

"Чарльзе, - сказав І-Зі. "Якщо Рафаель правий, ти можеш стати найважливішим членом команди. Будь ласка, знайди час, щоб трохи розібратися в собі".

"Як це - розібратися в собі?" - поцікавився Чарльз.

"Медитація - це один із способів", - відповів Бренді.

"Або прогулянки на природі", - сказав Лачі.

"Побути наодинці, просто подумати", - запропонував Альфред.

"Давай трохи поспимо і продовжимо цю дискусію вранці", - сказав І-Зі.

"Не думаю, що мені вдасться виспатися після того, як я бачила бідолашного Томмі", - сказала Лія. "Це було навіть гірше, ніж я собі уявляла.

"Так, бідолашний маленький Томмі", - погодився Альфред.

"То що, всі ще тут?" запитав І-Зі.

Усі відповіли "ТАК".

"А як же Харуто?"

"Гадаю, він залишиться, - відповів Ю-Зі, - але я поясню все Собо, і вона зможе обговорити це з ним. Я зрозумію, якщо вони відмовляться".

"Не думаю, що вони відмовляться", - сказала Саманта. "Харуто спить. Йому соромно, бо він ще занадто малий, щоб бачити те, що бачите ви. Ніби він був меншим членом команди".

"Ти правильно зробила, що вивела його з кімнати, - сказав Сем. "Те, що ми побачили, було жахливим".

"Я згоден", - сказав І-Зі.

Чарльз сказав: "Отже, один за всіх і всі за одного. Як у "Трьох мушкетерах".

"Я завжди любив цю книгу!" сказав Альфред.

Навіть у найтяжчих ситуаціях книги завжди об'єднували людей. Кожен учасник PAFHS9 сподівався, що це єдина річ у світі, яка ніколи не зміниться.

РОЗДІЛ 11
DEJA VU

Ю-Зі та Сем більше не мали багато часу наодинці, але ніхто з них на це не скаржився. Саманта хвилювалася, що вони втрачають зв'язок, і вирішила виправити ситуацію, здивувавши їх сніданком "Рання пташка" в кафе "У Енн".

Вони прийшли на кухню одночасно - адже обидві отримали смс з проханням одягнутися і негайно прийти на кухню.

"Що сталося?" запитав Сем.

"Так, що сталося?" поцікавився І-Зі.

"Нічого, - відповіла Саманта. "Ви двоє замовили столик в "Енн", тож їдьте туди прямо зараз, поки всі не прокинулися і не захотіли до вас приєднатися".

Сем поцілував дружину.

"Я подумав, що настав час і тобі знову поснідати разом".

І-Зі міцно обійняв Саманту.

"Ми самі туди поїдемо?"

"Безумовно, дядько Сем".

Сем схопив свій рюкзак з ноутбуком, і вони пішли.

Був чудовий весняний ранок, і пташиний спів співав їм серенади дорогою до кафе.

"Твоя дружина дуже особлива".

"Так, вона одна на мільйон".

Незабаром вони прибули до кав'ярні. Воно було майже порожнє, і Енн ніде не було, але Ю-Зі впізнав її сестру Емілі. Він не бачив її з самого дитинства.

"Ти не дуже змінився", - сказала Емілі, обіймаючи його.

"Як і ти", - приглушеним голосом відповів Ю-Зі, кутаючи його у свій об'ємний светр. "А це дядько Сем".

"Я бачу схожість", - сказала Емілі, міцно потиснувши йому руку. "У мене є ідеальний столик для вас, ідіть за мною".

Коли вони проходили повз їхній звичайний столик, він завагався і подивився на свого дядька. "Не проти, якщо ми сядемо за цей столик замість Емілі?"

"Звичайно!" сказала Емілі, розкладаючи столове срібло і передаючи меню. "Каву?" Сем кивнув, і вона налила йому повне гаряче горнятко.

"Тобі як завжди?" - запитала вона у I-Зі. Моя сестра розповіла мені, що вони можуть бути".

"Безумовно."

"І це був шоколадний густий шейк, я правий?" Вона була права.

"А ти, Сем?" - запитала вона. "Що ти будеш сьогодні?"

"Зробіть дві порції того, що п'є мій племінник", - відповів він, - "але залиште густий шейк. Кава - єдиний напій, який мені потрібен сьогодні вранці".

"Добре!" - сказала вона і пішла на кухню.

Сем відкрив свій ноутбук, а потім знову закрив його.

"Приємно прийти в місце, де все завжди однакове", - сказала I-Зі.

"Мені варто якось привезти сюди Сема і близнюків. Я хотів би підтримати місцевий бізнес, і це хороший приклад для Джека і Джилл".

"Безумовно. З цим місцем у мене пов'язані тільки хороші спогади, - сказав І-Зі. "Але одного дня я ризикну і замовлю щось інше. Я ж маю подавати гарний приклад своїм двоюрідним братам, чи не так?"

Сем розсміявся, а потім зробив ковток кави. За секунду до нього підійшла Емілі і знову наповнила чашку. "У неї наче очі на потилиці".

Ю.-З. засміявся. У його голові крутилася одна тема, яку він хотів обговорити: "Фурії". У той же час, він не хотів одразу починати важку розмову.

"Отже, у моєї дружини буде повний будинок гостей, яких треба буде нагодувати, коли всі встануть".

"Собо допоможе".

"Так, але я не думаю, що ми повинні зловживати цим. Я б хотів, щоб ми могли переграти, якщо ти розумієш, що я маю на увазі?"

"Звісно. Тож, давайте приступимо до справи."

Сем знову відкрив свій ноутбук. Цього разу він увімкнув його і набрав у пошуковій системі:

"Як перемогти "Фурії".

І-Зі кивнув, коли перед ним поставили шейкер. Він одразу ж спробував відсьорбнути трохи свого густого коктейлю, але він був надто густим, щоб щось просочилося крізь соломинку - саме так, як йому подобалося. "Щось корисне?"

"Тут сказано, що Еріньєс - або Фурії - можуть бути втихомирені лише ритуальним очищенням".

"Що це означає?"

"Гадаю, це означає, що тобі доведеться виконати певний вчинок - на їхнє прохання, як спокуту".

"А хіба спокута не означає те саме, що й покута? Мені не подобається, як це звучить", - сказав І-Зі. "Ми не зробили нічого такого, за що можна було б загладити свою провину.

"Це також може означати Спокуту. Погашення. Відшкодування. Відшкодування. Реституція."

"Чотири "Р", це привертає увагу, але я знову запитую, за що ми будемо їм відшкодовувати?

"Думай нестандартно", - сказав Сем. "Що, якби ти міг щось зробити, щоб заохотити їх піти в похід і залишити дітей і ловців душ у спокої?"

І-Зі розсміявся. "Якби був такий спосіб, це було б ідеально. А ще це було б надто просто".

Сем почухав голову. "Тут сказано, що Фурії карають чоловіків і жінок за злочини після смерті і за життя. Це те, що вони роблять зараз - діти, а не дорослі. Я цього не знав."

"Чого я не розумію, так це чому. Чому вони повернулися? Що змінилося..."

"Все це чудові питання, на які я не можу відповісти", - сказав Сем. "Але є дещо цікаве. Тут сказано, що вони, як Богині Долі, завадили людині дізнатися про майбутнє".

"Як саме?"

"Там не сказано", - відповів Сем, коли Емілі знову підійшла, щоб освіжити його чашку кави. "Зовсім трішки", - відповів він. Він боявся, що попливе додому, якщо вип'є ще кави.

"Ваш сніданок буде готовий за секунду", - сказала вона. "Сподіваюся, ви голодні!"

"Безумовно, так", - відповів І-Зі, намагаючись знову випити свій густий шейк і з деяким успіхом проковтнути його крізь соломинку.

Емілі посміхнулася, а потім пішла привітати нових клієнтів.

"До всього цього, - сказав Сем, - я ніколи навіть не чув про "Фурії". Тут написано, що в грецькій і римській міфології вони були духами справедливості і помсти. Їхнє інше ім'я Еріньєс означає "гнівні". Він прокрутив сторінку вниз. "Я бачу кілька згадок в ігровому світі. Жоден з прикметників, використаних для їх опису, не суперечить тому, що ми вже знаємо, тобто, Фурії - злі зловісні істоти, які не знають милосердя".

"Я хотів би, щоб PJ і Арден повернулися до нас. З їхніми знаннями ігрових чарівників, я впевнений, вони б знали, що робити. Відтоді, як ми їх втратили, я картаю себе за те, що втратив з ними зв'язок. Все тому, що я занадто захопився своєю грою в супергероя. Я дуже сумую за ними."

"Вони б не хотіли, щоб ти картав себе. І я теж сумую за ними.

Емілі поставила їжу на стіл: "Смачного!" - сказала вона.

Ю-Зі та Сем жадібно накинулися на їжу, деякий час не розмовляючи. Після того, як вони насолодилися їжею, вони відновили свою розмову.

"Я щойно обдумував план - перемогти їх у грі. Звучало непогано - або ми так думали, поки Рафаель не сказала нам протилежне. Добре, що вона сказала нам про це прямо, інакше... я навіть не хочу думати про те, що могло б статися з дітьми".

"І все ж, я продовжую думати, що у "Фурій" повинна бути ахіллесова п'ята. Пам'ятаєш ту історію?"

"Пам'ятаю. Якщо у них і є слабке місце, то я не знаю, яке саме. Ми знаємо, що вони смертні, як і ми. Якщо вони можуть померти, як і ми, то принаймні це рівні умови".

"Давайте трохи більше зосередимося на їхніх слабкостях: гнів, образа, помста".

"Це ті самі речі, за які вони карають інших, тож як це може бути їхньою слабкістю?" запитав Ю-Зі, запихаючи в рот виделку з млинцями. "Отже, добре."

Сем кивнув: "Так і є". Він зробив ще один ковток кави. "Так, і це означає, що ми зможемо використати проти них те, за що вони карають інших."

"Але як?"

"Цього я поки що не знаю."

"Можливо, нам знадобиться ще не одна така зустріч, щоб розібратися в цьому", - сказав І-Зі.

На стіл перед ним поставили другу тарілку з млинцями.

"Щойно дзвонила Енн і сказала, щоб я принесла тобі другу порцію млинців", - сказала Емілі.

"Дякую. І скажи Енн, що я сподіваюся, що вона скоро одужає".

"Передам. Ще кави?"

Сем кивнув, і вона наповнила його чашку. Коли Емілі пішла, він сказав: "Я зараз повернуся", і пішов до ванної кімнати.

І-Зі повернув екран до нього і набрав повідомлення:

ЯК МЕНІ ВБИТИ ФУРІЙ?

З'явилося кілька відповідей, але всі вони стосувалися того, як перемогти трьох богинь як персонажів у ігровому світі.

Сем повернувся. "Знайшов що-небудь?"

"Нічого корисного. Хоча тут сказано, що коріння "Фурій" може сягати доісторичних часів".

"Ну, родовід Малюка також має досить давнє коріння."

"Бачили б ви, як швидко він проковтнув ту вогняну кулю! Ні секунди не вагаючись."

Закінчивши їсти, вони подякували Емілі та вирушили додому. Вони були такі ситі, що не думали, що коли-небудь знову будуть їсти.

"Було дуже приємно провести з тобою цей ранок", - сказав І-Зі. "Наче в старі добрі часи".

"Це точно. Давай повторимо незабаром. А поки що давай краще подумаємо про те, що ми сьогодні дізналися, адже, як каже старе прислів'я, де є бажання, там є шлях".

"Так, так, дядьку Сем. Так, так, так."

РОЗДІЛ 12
В БУДИНКУ

Коли вони повернулися додому, перше, що зробив Сем, це обійняв дружину. Вона була рада його бачити, але її руки були зайняті приготуванням сніданку.

"Я рада, що тобі сподобалося", - промурмотіла Саманта.

"Я можу чимось допомогти? запитав Сем, оцінюючи ситуацію з близнюками.

"Усе під контролем", - відповіла Саманта, коли за її спиною близнюки розплакалися.

Здебільшого тому, що Харуто на мить зупинився, граючи свою версію "hon no piku", що в перекладі означає "кря-кря". У версії Харуто він корчив пику, потім дуже швидко крутився, поки не зникав, а потім знову з'являвся, і близнюки хихотіли.

"Це дуже креативно!" сказав Сем, коли Лачі взяв на себе роль розважального персонажа.

Лачі одразу ж почав імітувати тварин і отримав схвальні відгуки від близнюків, коли засміявся, як кукабурра:

ку-ку-ку-ку-каа-каа-каа-каа-каа-каа-каа-каа-каа!

Потім настала черга Чарльза розважати своєю історією під назвою "Три валуни".

"Іва?" перепитав Харуто, що в перекладі означає "валуни".

"Так", - відповів Чарльз, коли І-Зі та Сем відійшли до дверей, щоб теж послухати історію, а Альфред, Собо, Бренді, Лія та Саманта продовжували готувати їжу.

"Колись давно, - почав Чарльз, - високо над Ла-Маншем стояв пагорб. На ньому було багато-багато валунів. Насправді їх було так багато, що їх неможливо порахувати.

"Того дня на пагорб котилася велика і важка вантажівка, скриплячи і скрегочучи своїми шестернями. Коли вона досягла вершини, то розгорнула підйомник валунів, який боровся з вагою кожного шматка каміння. За кілька годин йому вдалося зібрати якомога більше каміння.

Аж поки кузов вантажівки не заповнився. Але не переповнений. Переповнення означало б, що під час руху вантажівки каміння буде скочуватися з неї, а цього потрібно було уникнути за будь-яку ціну.

"Вантажівка спустилася з пагорба. Вона вивантажувала валуни в іншу більшу вантажівку. Вантажівку, яка була занадто великою, щоб взагалі піднятися на пагорб, і не мала підйомного механізму. Коли менша вантажівка знову спорожніла, вона поїхала назад на гору. Незабаром вона знову була наповнена валунами.

"Цей процес повторювався кілька разів, доки більша вантажівка не наповнилася доверху. Решту валунів потрібно було перевантажити в меншу вантажівку. Тепер, коли обидві вантажівки були повні, важка робота була закінчена. Настав час обіду. Чоловіки з'їли свої бутерброди і випили повні термоси гарячого солодкого чаю.

"На вершині скелі залишилися лише три самотні валуни. Вони сумували, бо втратили своїх друзів, відчували себе відкинутими, небажаними, непотрібними і водночас дуже злими. Відчуття занадто великої кількості емоцій одночасно може збити з пантелику, але якщо поділитися почуттями з друзями, це може допомогти, тому три камінці обговорили своє скрутне становище".

"Що вони роблять з усіма нашими друзями?" - запитав перший камінь, якого звали Роккі.

"Не знаю, - відповів другий камінчик, якого звали Галька. "Мабуть, там, куди вони вирушають, їм теж потрібні друзі. Я буду сумувати за ними".

"Ні, - заперечив третій камінь, старший і мудріший, на ім'я Скелястий. "Вони забирають їх не для того, щоб вони побачили світ. І не для того, щоб стати їхніми друзями. Хіба ти не знаєш, що вони розчавлюють нас, щоб прокласти собі дороги?"

"Ні!" Роккі і Галька заплакали. "Вони не можуть перетворити наших друзів на кашу!"

"Я б хотів, щоб вони забрали і мене", - сказав Скелястий. "Я надто старий, щоб сидіти тут у таку негоду. Суворі вітри пробивають мій зовнішній шар, і я був би не проти провести своє майбутнє в якості дороги. Принаймні тоді я мав би якусь мету".

"Мета?" вигукнув Роккі. "Ти називаєш метою те, що тебе розчавлюють і переїжджають машини кожен день і кожну ніч?"

"Це краще, ніж сидіти тут, тільки ми втрьох назавжди. Я втомився від вітру, дощу і всього іншого", - сказав Скелястий.

"Ну, якщо ти так хочеш, - сказала Галька, - то все, що тобі потрібно зробити, це скотитися з краю. Ти впадеш прямо в кузов вантажівки, що стоїть внизу, і поїдеш з рештою наших друзів".

"О, це занадто далеко", - сказав Роккі, підкотившись трохи ближче до краю. "Ти справді хочеш покинути нас, так сильно? Хіба ти не можеш знайти сенс у тому, щоб залишитися тут, з нами? Ти нам потрібен. Ти старший і мудріший".

Креґґі підійшов до краю і зазирнув за борт. Це була правда, вантажівка стояла прямо там. Кілька крапель поту стікали вниз. Чи то були краплини поту, чи то сльози.

"Це страшенно довгий шлях вниз, - сказав Скелястий. "І було б неправильно з мого боку залишити вас, малят, самих".

Галька сказала: "А що, якби ви не встигли на вантажівку і розбилися там, внизу, на друзки! Ми були б тут, нагорі, з таким чудовим краєвидом, а ти залишився б там, унизу, зовсім один".

"Крім того, - сказав Роккі, - одного дня вони можуть повернутися за нами. А поки що ми можемо поспілкуватися, подихати свіжим повітрям і краєвидом".

Під ними вантажівка знову рушила з місця.

ЧУҐҐА-ЧУҐҐА-БУМ, БУМ, БУМ.

"Зараз або ніколи", - сказав Креґґі, коли вантажівка від'їхала.

"Принаймні ми разом", - сказав Роккі.

"Три валуни скупчилися разом, пліч-о-пліч. Вони повернулися спинами до вітру, вдихали свіже повітря і дивилися на прекрасний вид сонця, що сідало на горизонті.

"Мораль цієї історії полягає в тому, - сказав Чарльз..."

Це були останні слова, які почув Е-Зі перед тим, як знову опинитися у проклятому силосі.

РОЗДІЛ 13
СИЛОС

"**З** поверненням!" - пролунав голос у стіні з таким піднесенням, що плечі Е-Зі напружилися, наче хтось стояв на них. Не бажаючи відповідати, він перекинув плечі спочатку вперед, потім назад, сподіваючись зняти напругу.

"КРАПКА. ДОТ", - сказав другий голос у стіні, але цього разу голос був тихішим, майже шепіт.

Він відкрив рот, щоб відповісти, але нічого не прийшло йому на думку, тому він залишився мовчати, окрім потріскування пальців, яке, як він сподівався, полегшить його напружене тіло.

Перший голос, більш заспокійливим тоном запитав: "Я бачу, що ви відчуваєте напругу, занепокоєння. Чи можу я чимось допомогти вам скоротати час, поки ви чекаєте? Напій? Книжку? Помандрувати в уяві?"

Вона була дуже чутливою до голосу в стіні, і це допомогло йому трохи розслабитися, проте він не був готовий пристати на її пропозицію, не маючи жодного уявлення про те, що може включати в себе мандрівка в уяві.

"Я бачу, що ти вагаєшся..."

Він випростався у своєму кріслі і забарабанив пальцями по руках, ніби розгойдуючись під пісню Deep Purple "Smoke on the Water". Вони з батьком грали в застарілу версію "Героя гітари", і їм було дуже весело. Згадуючи той момент зараз, він відчув, що його батько був разом з ним у бункері.

"Ти впевнений, що не хочеш здійснити подорож у своїй уяві?" - знову запитала жінка на стіні. "Ти будеш у захваті!"

Розважитися. Він щойно використав це слово, щоб описати гру в Guitar Hero з батьком. Без сумніву, жінка в стіні могла читати його думки.

"Що саме?" - запитав він. "Не скажу, що хочу спробувати, поки не дізнаюся більше про те, що це таке".

"Це місце, куди я можу тебе відправити. Особливе місце, де ти зможеш жити мрією".

Це звучало неймовірно... і перш ніж він зміг відповісти...

ДУХ ДУХ ДУХ ДУХ,

ДУУУУУУУУУУУУУУУУУУУУУУУУУУУУУУУУУУ

DUH DUH DUH

DUH DUH.

Він був на сцені, грав на соло-гітарі, з групою, яку він одразу впізнав як справжній Deep Purple.

Вокаліст, який покинув гурт, але грав на оригінальній соло-гітарі на альбомі "Smoke in the Water", здавалося, не заперечував проти того, що І-Зі зараз виконував його роль, і робив це досить непогано. Вокаліст показав йому великий палець, а потім пройшов через сцену до місця, де сидів E-Z у своєму інвалідному візку. Разом вони зіграли кілька рифів, а публіка кричала, раділа і аплодувала. Наступної миті він знову опинився в силосі, але напружене відчуття, яке він відчував раніше, повністю зникло.

"Дякую вам! Це було просто фантастично! Я не можу передати, як багато це для мене значить. Я ніколи цього не забуду. Ніколи!" Він завагався і подумав, що єдине, що могло б зробити його виступ кращим, було б, якби його батько був там, на сцені, разом з ним.

"Вибач, що не зміг запросити твого батька... але це був лише попередній перегляд. І я дуже радий, що ти прийшов. А тепер сидіть спокійно. Час очікування - одна хвилина."

"Я думаю, що справжній фільм просто знесе мені дах!" сказав І-Зі, відкинувши голову назад і знову переживаючи цей досвід, вже відчуваючи себе настільки розслабленим, що міг би подрімати.

PFFT.

Цього разу запах був іншим, м'ята і ще щось, що він не міг вловити.

"Це розмарин", - сказав голос у стіні.

"Досить освіжаючий". Його очі були заплющені, і він вже занурився у свої думки, коли дах над його головою позіхнув. Він похитав головою, розплющив очі, готуючись до того, що мало статися.

Промені світла пронизували металевий контейнер, підстрибуючи і відскакуючи від стіни до стіни. Він заплющив очі, щоб захистити їх від тривожного світлового шоу. Коли світло закінчилося, крізь відкритий дах у приміщення ввалилася якась постать. Як вона увійшла. Це був Рафаель.

"Привіт", - сказав він. "Це був чудовий вхід".

"Мене підвищили, - зізнався архангел, - і мені потрібно трохи блиснути. Можливо, в даному випадку це трохи занадто, але це відносно нове підвищення. Всі підвищення мають свою криву навчання".

"Вітаю з підвищенням".

"Дякую, а тепер давайте перейдемо до справи, чому ви тут".

"Звісно."

І-З терпляче чекала, коли Рафаель знову заговорить, але деякий час вона мовчала. Замість цього вона пурхала, як птах, що вперше випробовує свої крила. Чи хизувалася вона? Якщо так, то чому? Потім він побачив, що на ній була абсолютно нова пара окулярів. Вони були більшими, виразнішими, з більшою оправою і товстішими лінзами, і робили її схожою на жіночу версію містера Мак-Гу.

"Гарні окуляри", - збрехав він.

"Вони не були моїм першим вибором", - зізналася Рафаель, - "але вони будуть доречними". Вона підсіла ближче до місця, де він сидів, і зависла над ним. "Здається". Вона зупинилася і незручно поворухнулася.

СКАЙДУ

З'явився стілець, на який вона сіла на секунду.

SKIDOO

І воно зникло. Вона знову зависла. Приклала відкриту долоню до обличчя. "До нашої уваги було доведено кілька речей. Я не маю на увазі це в королівському сенсі, я маю на увазі це, як у всіх архангелів".

"Наприклад?"

Вона знову засовалася.

"Попросити стіну побризкати на вас лавандою, щоб розслабити? Ти виглядаєш досить напруженою".

Тоді вона закричала йому в обличчя: "ЛАВАНДА НЕ ДІЄ НА АРХАНГЕЛІВ! Це мерзенна, людська..." Вона глибоко вдихнула. "Мені дуже шкода."

"Нічого страшного. Я розумію, ти хочеш повідомити мені погані новини. Краще відірвати пластир. Що я маю на увазі, просто скажи мені прямо".

"Дуже добре. Поїхали."

І-Зі нахилився ближче: "Гаразд, стріляй".

З динаміків у стіні заграла пісня, щось про те, як стріляють у шерифа.

Спочатку він наспівував, але потім сказав: "Стоп!" скомандував І-Зі. "І скажи мені, чому я тут".

"Він хоче одразу перейти до справи", - сказала собі Рафаель. "Що ж, тоді ось воно. Я перейду одразу до суті".

"Гаразд, давай". сказала І-Зі, бажаючи, щоб вона так і зробила.

"Коротше кажучи, - сказала вона, - Еріеля спіймали на гарячому - він грав за обидві сторони".

"Грає за що?" І тут щось у його свідомості змінилося. "Ні, ви ж не хочете сказати, що він нас зрадив?"

Вона постукала кістлявим пальцем по підборіддю, а Ю-Зі відкривав і закривав рот, як рибка, що вискочила з води.

"Так. Еріель особисто відповідальний за смерть твоєї подруги Розалі. Він також був відповідальний за знищення Білої кімнати. Це все він. Весь Еріель."

І-Зі прийняв це все. Бідолашна Розалі. "Зачекай! Хіба він не працював на тебе? Я маю на увазі, хіба не ти за нього відповідав? Як це могло статися під час вашого чергування? Я читав дещо про архангелів, але зраджувати дітей, які добровільно допомагають тобі, - це найнижче, що можна зробити. Думаю, леопарди не змінюють своїх плям".

"Я не відповідав за Еріеля. Ми з ним були колегами, товаришами. Ми працювали разом і, як мені здавалося, поважали один одного. Я помилявся".

"І все ж, вас підвищили."

"Так, але ці дві речі не були безпосередньо пов'язані. Все, що я можу тобі сказати, це те, що Еріель колись був одним з нас, а тепер ні. Після того, як зрадив нас і тебе. Після того, як він повернувся спиною до своїх принципів - всього, за що ми боремося - він вийшов. Я маю на увазі, назавжди."

І-Зі ахнув. "Ти хочеш сказати, що Еріель викрив нас? Під нами я маю на увазі мене і мою команду?"

"Майкл, наш лідер, допитував Еріеля. Довелося докласти певних зусиль, щоб змусити його говорити. Але він зізнався, що повернув "Фурій" на землю. У тому, що використовував їх, щоб просунутися по службі. Йому немає спокути. Ніякого прощення для Еріеля."

"У мене немає слів. Як це сталося?"

"Як? Якби ми знали як, то знали б і чому, але ми не знаємо. Що ми знаємо, так це те, що він - Еріель, а Еріель завжди робить те, що найкраще для Еріеля. Ми знали, що у нього були проблеми, і все ж, ми продовжували давати йому можливості проявити себе - і коли він підводив нас, ми прощали його і давали йому ще один шанс і ще один шанс. Ми продовжували вірити в нього до цього часу. З ним покінчено. З ним покінчено."

"З ним покінчено? Ти маєш на увазі, помер? Архангели помирають? І чому ти дав йому стільки шансів? Хіба ти не знаєш приказку: "Три страйки - і ти в ауті"?

"Так, я чув цю бейсбольну термінологію, але ми архангели, і від нас усіх очікують невдач або рецидивів на певному рівні. І ви маєте рацію щодо інциденту в Едемському саду. Наша історія сягає глибокої давнини... але ми думали, що стаємо кращими, покращуємось. Я сам є покровителем молодих людей, таких, як ви і ваші друзі.

"Ось чому я запропонував співпрацювати з вами, щоб перемогти тих жахливих фурій. До речі, саме Еріель підштовхнув мене до цього. Це він відкрив тебе. Це він послав до тебе Хадза і Рейкі. До приходу цих жахливих сестер ми додавали щось позитивне у всі ваші життя... Ми давали вам мету. Пам'ятаєте часи, коли ви хотіли здатися? Ви не здалися, тому що ми допомогли вам продовжувати йти далі".

"Гаразд, я розумію, що Еріель поганий. Що це означає для мене і моєї команди? З моєї точки зору, наша місія скомпрометована. Отже, ми виходимо, і я думаю, що вам слід перейти до плану Б".

"Проблема в тому, - сказав Рафаель, а потім зупинився, оскільки стеля над ними знову відкрилася, і Офаніель прибула до них без жодних прикрас, опустившись донизу.

"Давно не бачилися", - сказав Офаніель, звертаючись до E-Z. Потім до Рафаеля: "Він в курсі справи?"

"Так, він в курсі. І я впевнений, що він радий, що ти тут, тому що він хоче знати, який наш план Б".

Офаніель кивнув. "Дуже добре. Якщо говорити якомога зрозуміліше, то у нас немає плану "Б", "В" чи "Г", тому що ти і твоя команда були всіма нашими планами, згорнутими в один".

І-Зі недовірливо похитав головою. "Хіба ви, архангели, не чули фразу: "Не клади всі яйця в один кошик"?

Офаніель розсміявся. "Так, вона походить від персонажа Сервантеса Дон Кіхота, але я ніколи не розумів її значення. Можливо тому, що ми, архангели, не їмо яєць. Від самої думки про їхню желеподібну неповороткість - фу - мене нудить".

"Мене теж", - сказала Рафаель, прикриваючи рот долонею. "Окрім їхнього огидного вигляду, навіщо взагалі класти яйця в кошик? Чому не в миску? Якщо ви готуєте яєчню..."

"Згоден", - сказав Офаніель. "Я бачив, як Джеймі Олівер готує омлет. Він спочатку використовує миску, а потім готує їх".

"О, брате, ми з братом не можемо повірити, що ви, архангели, дивитеся телевізор, не кажучи вже про Джеймі Олівера". Він похитав головою. "Це означає, що якщо ви зберете всі яйця разом, в одному місці - наприклад, в кошику, мисці або сковорідці, або що завгодно, - якщо ви впустите кошик, миску або сковорідку, то всі яйця розоб'ються і зіпсуються шкаралупою - і у вас не буде яєць на сніданок".

"Але хіба кури не несуться щодня? Тож, якщо ти не отримаєш яєць сьогодні, ти просто прийдеш завтра", - сказав Офаніель.

"А що таке один день без яйця?" запитав Рафаель.

Е-Зі розкрив долоню і вдарив нею по голові. "Аргх!" Архангели подивилися на нього і почекали, поки він дуже глибоко вдихнув, а потім дуже голосно видихнув. "Що ми будемо робити з цією ситуацією з Еріелем?"

"По-перше, - сказав Офаніїл, - сьогодні до тебе повернулися, за твоїм особливим проханням, двоє твоїх друзів..."

POP

ПОП

Прибули Хадз і Рейкі, або те, що нагадувало двох янголів. Вони були чорні від кіптяви з голови до ніг. Їхні пелюстки були хиткі, розірвані, деякі з них були відкриті і здіймалися вгору, деякі були мертві і зів'ялі. Їхні крила опустилися, наче вони забули, як літати, або не мали більше бажання, а на їхніх обличчях, на їхніх обличчях був вираз крайнього відчаю.

"Що з ними сталося?" - запитав він.

Офаніель підійшов ближче до двох переміщених ангелів, і вони відсахнулися.

"Тепер ви в безпеці", - сказав Рафаїл м'яким материнським голосом, від чого вони почали ридати, що переросли в зойки.

Офаніель затулив їй вуха, потім наблизився до Е-З і прошепотів. "Еріель ув'язнив їх. Цього разу нам знадобився деякий час, щоб знайти їх. Бідолахи нічого не могли вдіяти, бо він позбавив їх сили".

"Бідолахи", - сказав І-Зі.

І-Зі, Офаніель і Рафаель повернулися до істот. Хадз і Рейкі спробували посміхнутися. Вони навіть не наблизилися до них.

Вони кидалися навсібіч, ніби відбиваючись від зграї стерв'ятників.

"Не рухайся", - сказав Офаніель.

Хадз і Рейкі припинили рух. Тепер вони сиділи, як пара брудних ляльок, втупивши очі в ніщо і ні в кого. Вони були тінню своїх колишніх "я".

"Не хочу здатися грубим, - прошепотів I-Зі, - але в такому стані вони нам не дуже допоможуть. Хіба що ти зможеш переконати нас здійснити цей план за даних обставин".

Слова I-Зі вразили двох янголят, як ляпас по обличчю.

ПОП

ПОП

"Яка грубість і непотрібна жорстокість!" вилаявся Офаніель, перш ніж вона зникла.

ЗАП

"Ти показав нам дуже жорстоку сторону свого характеру, I-Зі Діккенс, і якби твої батьки були тут, їм було б соромно за тебе".

"Вибач, - сказав I-Зі, - але ніколи не говори зі мною про моїх батьків. Для вас, архангелів, вони поза межами. Зрозумів?"

Рафаель кивнув.

"Крім того, я не хотів образити їхні почуття. Звичайно, ми можемо їх використати. Якщо нам доведеться боротися з "Фуріями", то нам знадобиться будь-яка допомога, яку ми зможемо отримати. Поверніться, будь ласка, Хадз і Рейкі. Дайте мені ще один шанс."

Нічого.

І-Зі спробував ще раз. "Повертайтеся, і ми будемо раді бачити вас у нашій команді".

РОР

ХЛОП!

Тепер пара була чистою та охайною, як колись.

"Ласкаво просимо назад", - сказав І-Зі.

Хадз і Рейкі підлетіли до нього. Кожна зайняла місце на одному з його плечей. Вони мимоволі затремтіли, злякавшись власних тіней.

"Все буде добре", - сказав він. "Ми вас прикриємо, тепер ви член нашої команди".

Вони спробували посміхнутися, і він оцінив їхні зусилля.

"Тож, - запитав І-Зі, - що саме Еріель розповів "Фуріям" про нас?"

"Він сказав їм, що ми посилаємо дітей, щоб перемогти їх - ось і все".

"Це те, що він тобі сказав? Звідки нам знати, що він не бреше? І як ми дізнаємося, який ендшпіль у "Фурій"?"

"Ми думаємо, що знаємо, що кінцевою метою "Фурій" і Еріеля був контроль над Землею. Вони збиралися поставити ЗЕМЛЮ НА ПАУЗУ і перетворити її на Новий Аїд, тобто пекло на землі. Де вони могли б правити, сформувавши команду душ, які були б у їхній владі. Так, вони випускали душі на волю, але як тільки вони отримували свободу, їм доводилося від неї відмовлятися".

"Чому вони погодилися б відмовитися від неї?" - запитав він.

"Тому що люди, навіть людські душі, не можуть осягнути поняття свободи. Натомість вони воліють бути обмеженими. Відсутність свободи - це людська ковдра безпеки".

"Це брехня", - сказав І-Зі. "Мене це так злить! Ми, люди, вміємо цінувати свою свободу. Ми любимо природу, можливість дихати повітрям, ділитися своїми думками і почуттями з іншими, цінувати світ і все, що ми в ньому маємо".

"Ви достатньо злі, щоб боротися за свою свободу і за свободу інших?" запитав Офаніель.

І-Зі навіть не помітив, що вона повернулася.

"Так, - відповів він. "Але скажи мені, що в цьому новому світі вони обиратимуть лише ті душі, які зможуть контролювати. Що станеться з іншими?"

"Вони будуть вічно блукати, не маючи домівки", - відповів Рафаель. "У цьому їхньому новому світі потойбічне життя було б ліквідоване. Земля назавжди перебуватиме в стані паузи. Душі залишаться в тілах, які вже не будуть живими, але й не будуть мертвими. Серця більше не битимуться. Не буде більше кохання і не народяться діти. Жодна душа не підніметься - більше - ніколи".

Ю.-З. мовчав, думаючи, вбираючи все це в себе.

Голос у стіні запитав: "Хтось хоче чогось перекусити?"

"Ні, дякую", - відповів він, але був радий цій перерві, оскільки вона повернула його до того моменту. "Я розумію, для чого Еріель використовував "Фурії". Фактом залишається те, що він такий же архангел, як і ти, і ти знав, що у нього є проблеми, але все одно давав йому шанс за шансом, навіть коли він цього не заслуговував. Тож тепер мені цікаво, чому ми, я і моя команда, повинні виправляти те, що зіпсував один з твоїх архангелів?"

"Тому що..." почав Рафаель.

"Я ще не закінчив, - сказав І-Зі, - раніше, коли ви з Еріелом відвідали мій дім, коли він познайомився з моєю сім'єю та іншими членами команди, ми думали, що він на нашому боці. Він бачив, де ми живемо. Він все про нас знає. Через нього ми у великій небезпеці".

"Це правда, - сказав Офаніель.

"Безперечно, і нам дуже шкода", - сказав Рафаїл.

"Нехай Еріель відкличе їх. Він створив цей безлад, і він повинен його виправити". Він вдарив стиснутими кулаками по сидінню свого стільця, від чого Хадз і Рейкі підскочили і затремтіли. Він поплескав янголят по голові. "Все гаразд, вибачте, що засмутив вас".

"Браво!" вигукнув Хадз.

"Ура!" вигукнула Рейкі.

Рафаель і Офаніель сказали в унісон: "Еріель ув'язнений глибоко в надрах землі. Він знаходиться в місці, куди жодна людина не повинна наважитися піти. Коротше кажучи, до нього неможливо дістатися".

"Але ж ми втекли з копалень, одного разу", - сказав Рейкі.

"Двічі", - сказав Хадз.

"Він не в шахтах, він в іншому місці, далі вниз, не так далеко, як у вогні, але в іншому місці, де так холодно, що все перетворюється на лід, навіть кров, що тече по жилах. Там, де жодна людина не може вижити!

"Еріель також безсилий там, бо його позбавлений одягу. Він під замком, він нікого не бачить. Нічого не чує. Його ніколи не випустять звідти - НІКОЛИ".

"Я хочу поговорити з ним, - сказав Е-Зі. "Мені потрібно задати йому питання - питання, на які тільки він може відповісти".

Рафаель і Офаніель закричали: "Ти не можеш! Ви не повинні!"

"Тоді я відмовляюся від підтримки моєї команди. Будь ласка, поверніть мене додому. Харуто та інші можуть повернутися до своїх сімей." Він замовк, коли в його голові промайнули образи Пі-Джея та Ардена. Якщо він нічого не зробить, вони застрягнуть у комі, можливо, назавжди.

Він згадав усі випадки, коли вони допомагали йому. Його перший день, коли він повернувся до школи в інвалідному візку. Коли вони знову ввели його в гру в бейсбол - всі хлопці з команди вийшли на поле, щоб привітати його. Коли вони допомогли йому пройти через все це, коли померли його батьки. Сльоза скотилася по його щоці. Він витер її.

"ВЗЯТИ ЙОГО!" - прогримів голос у стіні.

І раптом стало дуже, дуже холодно. Настільки холодно, що йому здалося, ніби він справді відчуває, як кров у його жилах перетворюється на лід.

РОЗДІЛ 14
ЕРІЕЛЬ НА ЛЬОДУ

Зовсім одна. Так самотньо. І так холодно, так дуже, дуже холодно. Це було так, наче він був всередині порожнього кубика льоду. Коли він вдихнув, лід заповнив його легені.

Він підійшов до краю. Він вдихнув у нього. Все затуманилося. Це був не кубик льоду, це був скляний кубик. І в нього була ручка. Вона виглядала так, ніби була зроблена з медалі. Боячись, що його шкіра прилипне до неї, він взяв сорочку і відкрив її.

Всередині була колекція теплих ковдр, ковдр, кардиганів, шапок, рукавичок - багато чого. Він простягнув руку і накрився зверху.

Коли він занурив руки в кардиган, його думка повернулася до часів, коли його батько носив подібний светр під час лижної подорожі. Він був зеленого кольору, як і цей, і зовні здавався колючим на дотик, але всередині був теплим, як тост. Коли він натягнув його на себе і застебнув спереду, в ніздрі йому вдарив дубовий запах улюбленого лосьйону для гоління його батька. вдихнув запах лосьйону для гоління його батька. Сильне відчуття дежавю охопило його, коли він засунув пальці в чорні оксамитові рукавички - рукавички, які, як він присягався, належали його батькові. Але вони не могли належати йому, бо все згоріло в пожежі. Він обхопив себе руками, намагаючись зігрітися. Відчуваючи, як холод охоплює його тіло і розум.

Він відсунув інші речі, виявивши на дні коробки ковдру, яку одразу впізнав. В'язаний вручну, його мати в'язала на дивані ніч за ніччю, і коли він був закінчений, він зайняв своє місце - на спинці шкіряного дивану. Для вечорів кіно і для того, щоб закрити очі, якщо трапиться щось страшне.

Він зняв рукавички і доторкнувся до неї, щоб перевірити, чи вона справжня, а потім погладив її по щоці. Квітковий аромат маминих парфумів дійшов до нього, заспокоїв його. Сльоза потекла по його щоці, коли він знову одягнув рукавички, а потім загорнув мамину ковдру в кардиган батька. Він носив ковдру, як капюшон, і занурився в навколишнє середовище.

Над його головою, але гострими шипами вниз, здіймалися крижані сталактити всіх розмірів і форм. Якщо один з них падав, він пробивав верхню частину черепа і проходив крізь нього аж до кінчиків пальців на ногах. Йому хотілося б мати будівельну шапку -

БІНГО!

І на його голові з'явилася жовта каска, а потім ще одна, і ще, і ще. Він відчув себе Допитливим Джорджем і посміхнувся. Тепер він був готовий до всього.

Він шукав двері, просуваючись по стінках куба. Ніяких ручок не було видно. Що ж це за в'язниця, в яку вони його закинули?

Нарешті він знайшов ребро, в центрі правої стіни. Він зняв рукавичку і подряпав нігтем поверхню того, що незабаром виявилося вікном. Те, що він побачив, не зменшило його тривоги. Його куб був одним з багатьох, що тягнулися вздовж тунелю, скільки сягало око. За заскленими вікнами їхніх кабін не було видно жодного мешканця.

Він дихнув на скло і написав слово "ДОПОМОЖІТЬ!", написане задом наперед, на випадок, якщо хтось його побачить. Потім швидко стер його, згадавши, до кого прийшов: Еріеля.

Е-3 рушив уздовж передньої грані куба до дальньої сторони і знову знайшов раму, яка, як він був упевнений, була вікном. Він зішкріб поверхню і незабаром знайшов того, кого шукав: зрадника.

Колись могутній архангел виглядав жалюгідно, ніби хтось проткнув його шпилькою і випустив усе повітря. Його тіло було прикріплене до стіни. Спочатку Е-Зі подумав, що його утримує на місці гравітація або якась невидима сила, але потім, придивившись уважніше, зрозумів, що все тіло Еріеля знаходиться всередині товстої крижаної брили. Куб Еріеля був відлитий по його тілу, тому крижана вода заповнювала кожен куточок його форми, і він, на відміну від Е-Зі, не мав доступу до ковдр.

БРЯЗКІТ. CLANK. ЛЯЗГ.

Е-Зі вивернув шию вліво, коли почув звук кроків, що відлунювали. Він відчував, що щось наближається, але не міг цього побачити.

КЛАЦ! КЛАНК. КЛАЦ.

І-Зі похитав головою. Він повинен був зосередитися, залишитися в моменті, і все ж, він переживав ще одне дивне відчуття дежавю.

Його свідомість повернулася до сну, який він бачив деякий час тому, про вечірку з нагоди дня народження з Пі-Джеєм та Арденом. У тому сні з'явилася фігура в капюшоні, яка видавала схожі звуки. Уві сні йшлося про пошуки зниклої бейсбольної кепки.

Коли звук став оглушливим, він побачив постать воїна, більшого за життя, з крилами завбільшки з два дорослих клена. В одній руці архангел тримав золотий щит, а в іншій - меч. Е-Зі затулив очі, коли світло вдарило в руків'я меча.

БРЯЗКІТ. БРЯЗКІТ. БРЯЗКІТ.

Воїн-архангел зупинився перед Еріелем, який не піднімав очей, щоб зустріти погляд прибульця.

До того, як він зупинився, Е-Зі не помічав величезних крил архангела, які, поки він ішов, перебували в стані спокою. Тепер воїн піднявся так, що їхні з Еріелем обличчя опинилися на одному рівні.

"До тебе гість", - сказав він.

Очі Еріеля залишалися опущеними.

"Твої очі мене не обманюють", - сказав воїн. "Ти зганьбив себе. Ти осоромив нас усіх - і не відчуваєш жалю, не каєшся. Поговори зі мною. Скажи мені, чому я взагалі повинен дозволити тобі мати відвідувача?"

Еріель продовжував дивитися в підлогу і щось нерозбірливо бурмотів.

"Говори!" - зажадав воїн.

"Я каюся!" вивергнув Еріель. "Я каюся, що не зміг..."

"Тиша!" - зажадав воїн.

БРЯЗКІТ. CLANK. ДЗЕНЬКІТ.

Тепер воїн стояв по той бік скла, віч-на-віч з E-Z.

"Я Майкл", - сказав він.

"Привіт, я I-Зі." Він знав цей голос. Це був той, хто наказав Рафаелю та Офаніелю дозволити йому поговорити з Еріелем.

"Вставай", - сказав Михайло.

"Я не можу ходити", - сказав він.

"Ти можеш, якщо я скажу, - відповів Майкл, - і я скажу. Вставай, І-Зі Діккенс!"

І-Зі відчував себе одним з тих, хто готується до зцілення на службі по телебаченню. Неохоче він піднявся зі стільця. Його ноги трохи хиталися, більше від страху, ніж від невіри. Адже Михаїл був наймогутнішим архангелом. Через кілька секунд Е-Зі стояв на висоті всередині крижаної стіни.

"Ти просив поговорити з тією штукою, що впала на стіну. Він не допоможе тобі, бо він прогнив наскрізь. Але він ПОВИНЕН тобі допомогти. Він ПОВИНЕН допомогти всім нам, щоб врятувати себе від перетворення на крижану скульптуру - постійну прикрасу цього місця".

З кожним словом голос Майкла змушував Е-З відчувати себе сильнішим і впевненішим.

Еріель підняв очі.

На секунду Ю-Зі щось побачив у його погляді. Чи була це поразка? Чи докори сумління?

Еріель заплющив очі, коли його тіло обм'якло в крижаній в'язниці, яка тримала його.

"Здається, він знепритомнів", - сказав І-Зі.

БРЯЗКІТ. CLANK. КЛАЦ.

Майкл повернувся, щоб ближче поглянути на свою крижану в'язницю. З халяви його черевика вислизнула змія і почала повзти до обличчя Еріеля. Потвора повзла вгору, вгору, а її вилоподібний язик рухався вперед-назад, наче вона жадала крові.

Михаїл сказав: "Тіло мого друга тане на шляху до твого обличчя, Еріле. Чи не хочеш ти розплющити очі і привітатися?"

Еріель розплющив очі і, побачивши змію, що повзла по його тілу, закричав.

"ГАУУУ

Майкл клацнув пальцями, і змія припинила рух. Нігтем Майкл зішкріб лід. Всередині нього тіло Еріеля вібрувало. Наче його било струмом.

"МММM, ххххх, МММMM!"

"Припини!" І-Зі закричав, затуляючи вуха. "Будь ласка!"

Майкл припинив шкребти. Він підняв руку, і змія обвилася навколо нього і поповзла назад до його черевика.

"Цей хлопчик показує тобі милосердя, Еріелю. Це більше, ніж ти заслуговуєш".

Еріель продовжував стогнати у відчаї.

Майкл продовжив, повернувшись до Е-З: "Я даю вам п'ять хвилин, щоб задати Еріелю будь-які питання, які ви можете мати".

Потім до Еріеля: "Ми можемо змусити тебе поговорити з ним, але я вважав би за краще, якби ти вирішив допомогти йому з власної волі. Колись давно ти вирішив врятувати життя цього хлопчика. Він, у свою чергу, повернув тобі борг. Тепер же ти зрадив нас і мусиш заново завоювати нашу довіру".

Майкл підняв ногу і вдарив ногою по крижаній конструкції, в якій був ув'язнений Еріель. Вона здригнулася, але не тріснула і не розлетілася на друзки.

"Ти мені огидний! Ви очікуєте, що цей людський хлопчик виправить ваші помилки. Насправді виправить ваші злочини. Але він хоче дати тобі шанс відповісти на його запитання. Тож допоможи йому. Це твій єдиний шанс, твоя єдина можливість довести нам, що в тобі ще залишилося щось, що варто врятувати. Якась частина тебе, яка ще не прогнила наскрізь".

Еріель підняв очі: "Сір". Він знову опустив їх.

"Ти можеш бути прощений, але якщо ти вирішиш не допомагати йому - твоя відсутність співпраці буде належним чином відзначена".

Погляд Еріеля залишався зосередженим на підлозі.

"Ти розумієш?" запитав Майкл. Коли Еріель не відповів, голос Майкла прогримів: "ТИ ЗРОЗУМІЛА?"

Еріелю здалося, що лід навколо нього здригнувся і затремтів від самого звуку голосу Майкла, і він ще раз подякував за всі ці шоломи, що захищають його череп. Він сподівався, що їх вистачить, інакше він буде похований у цьому місці разом з Еріелем і Майклом назавжди і ніколи більше не побачить ні дядька Сема, ні його друзів.

Еріель кивнув.

"П'ять хвилин", - сказав Майкл.

БРЯЗКІТ. КЛАНК. КЛАЦ.

І він зник.

Вони з Еріелем залишилися самі.

Е-Зі підійшов ближче до Еріеля і запитав: "Як нам перемогти "Фурії"?"

Еріел відкрив рот, щоб відповісти, але нічого не сказав. Він заплющив очі.

"Будь ласка", - благав І-Зі. "Будь ласка, допоможи нам".

БРЯЗКІТ. КЛАЦ. КЛАЦ.

Майкл вже повернувся. Не могло пройти і п'яти хвилин - ще ні. Він нічого не дізнався від Еріеля, зовсім нічого.

Еріель, зціпивши зуби і балакаючи, прошепотів три слова: "Візьми окуляри Рафаеля".

"Що?" закричав Е-Зі, гамселячи кулаками в крижану стіну. "Як?"

Наступної миті він знову опинився в дверях кухні. На ньому вже не було батьківського одягу, але змішані запахи батькового лосьйону для гоління та маминих парфумів залишилися в повітрі. Він обійняв себе і слухав, як Чарльз пояснював мораль своєї історії.

"Мораль моєї історії, - сказав Чарльз, - полягає в тому, що все краще, коли у тебе є друзі, з якими ти можеш поділитися".

"О, - сказав І-Зі, коли Саманта оголосила, що сніданок подано.

"Ставайте в чергу. Візьміть тарілку, серветку і столові прибори. Пригощайтеся", - сказала вона. "Це шведський стіл".

Собо сказав: "Сумогасубодо!" Харуто, який завищав від захвату.

"Я приготувала суші", - сказала Саманта. "Це був мій перший раз".

Собо кивнув: "Дякую, але наступного разу дозволь мені допомогти тобі".

Саманта кивнула: "Це було б чудово".

І-Зі посунув свій стілець вперед.

Дядько Сем прошепотів, йдучи поруч з ним: "Куди ти пішов? Тобто, ти був тут, і твій стілець був тут, але ти був десь в іншому місці, чи не так?"

"Так, я поясню пізніше. Мені потрібен час, щоб переосмислити все, що сталося. Дайте мені кілька хвилин. І, до речі, дякую".

"За що?" запитав Сем.

"За сніданок, як у старі добрі часи. Весело."

"Давай обов'язково повторимо це якнайшвидше".

"Обов'язково", - відповів він, прямуючи до своєї кімнати.

РОЗДІЛ 15
ДІМ, МИЛИЙ ДІМ

Тепер, на самоті, їм було приємно усвідомлювати, що Еріель більше не становить для них фізичної загрози. Його вивели з ладу завдяки Майклу, але тільки після того, як він усіх зрадив.

Еріель зайшов занадто далеко, але чому? Навіщо йому зраджувати собі подібних? Адже він добре знав, що Михаїл сильніший за нього. Це не мало ніякого сенсу.

ХЛОПОК.

ХЛОП.

"Ласкаво просимо додому!" - сказав він.

Хадз і Рейкі приземлилися перед ним на ліжко: "Спасибі, І-Зі. Ти завжди ставишся до нас добре."

"Мені шкода, що Еріель був таким жахливим з вами. Добре, що він зараз під замком. Це те, на що він заслуговує."

"Що ти про них думаєш?" запитав Хадз.

"Не розумію, про що ви."

"Ми відправили ящик."

"О, можливо, це не спрацювало", - сказала Рейкі.

"Це були ви?" Очі І-Зі розплакалися.

"Радий, що ящик благополучно доїхав", - сказав Хадз, коли посмішки пари янголят розтяглися по їхніх обличчях так, що, здавалося, решта їхніх рис зменшилася.

"Дуже вам дякую. Я думав, що все, що належало моїм батькам, згоріло під час пожежі". Він глибоко вдихнув, стримуючи сльози. "Шкода тільки, що я не зміг привезти їх сюди з собою. Хоча це багато значило, навіть просто мати його..."

ЗАП.

"Все, що тобі треба було зробити, це сказати слово. Зрештою, вони твої", - сказали вони.

Це було там, в кінці його ліжка. Ящик його батьків, або, як вони його називали, коробка з-під ковдри. У ній були скарби, які він перебрав у дитинстві. І тепер вони належали йому.

Матеріальна скриня зі скарбами, наповнена спогадами про його батьків.

"Але як?" - запитав він.

"Нам вдалося врятувати деякі речі, забігаючи туди-сюди, коли будинок горів, - сказав Хадз.

"Ми вирішили зберегти їх для тебе, поки ти не будеш готовий їх забрати. Сподіваємося, що ми вчасно встигли".

Він, наче уві сні, підійшов до скрині і відкрив кришку. Мускусно-деревний запах батька після гоління, змішаний із солодко-цитрусовими парфумами матері, привітав його, наче обійми. Обережно, щоб не випустити все це за один раз, він обережно закрив кришку.

"Я не знаю, як вам віддячити. Я ніколи не зможу вам віддячити. Я перечитаю все, іншим разом. Ще раз дуже дякую вам обом". Він простягнув руки, і два янголятка влетіли в них.

"Він стає надто слизьким", - сказав Хадз.

"Тобі ніхто не казав, що тобі треба підстригтися?" запитав Рейкі.

E-Z пальцем розчесав його волосся і поплескав по центральній частині, яка через перебування в крижаних надрах землі стала дибки, наче щетина в щітці. "Краще?"

"Трохи", - відповів Хадз.

"Гаразд, мені треба зосередитися. Інші скоро будуть тут, щоб дізнатися про ситуацію з Еріелем. Я повинен розповісти їм про Майкла. Думаєш, вони будуть вражені тим, що я з ним зустрічався?"

"Неважливо, чи вони будуть вражені, - сказав Хадз. "Важливо те, чи сказав тобі Еріель щось вартісне?

"Так, але я все ще намагаюся зрозуміти, що він мав на увазі".

"Розкажи нам, може, ми зможемо розгадати цю таємницю!"

"Що хто мав на увазі?" запитав Альфред, просунувши дзьоба в кімнату.

"Заходь", - сказав І-Зі.

Альфред пошкутильгав досередини. Був сезон линьки, і кілька пір'їнок тріпотіли за його спиною. "Привіт, Хадз, привіт, Рейкі."

"Привіт", - відповіли вони.

"Довга історія, але перейдемо відразу до суті, мене покликали назад до силосу, де Рафаель і Офаніель розповіли мені про ситуацію з Еріелем.

Він працював на всі боки. Вдавав, що він в союзі з нами, архангелами і "Фуріями". Не хвилюйся, його зрада була виявлена, він був схоплений і ув'язнений. Його охороняє головний архангел Михаїл, який дозволив мені коротко поговорити з Еріелем".

"І що сказав Еріель?" запитав Альфред.

"Я встиг поставити йому лише одне запитання. Я запитав його, як нам перемогти "Фурії". Ось чому я прийшов сюди, щоб подумати про те, що він сказав".

"А, то ти хотів побути на самоті?" запитав Альфред. "Ходімо, Хадз і Рейкі, давайте дамо Рику трохи спокою і тиші". Він рушив до дверей, але вони залишилися на місці.

"Вирішена проблема - це проблема, якою поділилися", - співали вони.

"Це правда. І це була мораль історії Чарльза".

"Гаразд, підходьте ближче". Він зробив паузу, а потім сказав: "Еріель сказав, що ми повинні використовувати окуляри Рафаеля".

"Так, і це все?" сказав Альфред. "Я розумію, чому ти не знаєш, що він мав на увазі. Це дуже розпливчасто."

"Я знаю. І він не сказав, як ними користуватися."

Хадз нахилився і прошепотів щось Рейкі.

ПОП.

БАБАХ

І вони зникли.

"Можливо, почнемо з самого початку. Розкажи мені в точності, що тобі сказав Еріель."

"Я вже розповіла. Він сказав використовувати окуляри Рафаеля. І все. Майкл поставив нас на годинник. Спочатку я думала, що Еріель не скаже ні слова. Він сказав ті три слова, і час закінчився. Наступне, що я пам'ятаю - я знову тут".

Альфред пройшовся по кімнаті і помітив коробку з ковдрою в кінці ліжка. "Що це таке?"

"Це належало моїм батькам", - відповів Ю.-З., стримуючи ридання. "Хадз і Рейкі врятували її з вогню. Вони сказали, що врятували її для мене, навіть ризикуючи власним життям".

"Це було так, - він розплакався, - як мило з їхнього боку. Ти вже прочитав її?"

"Ні, але пройду".

"Яким був Майкл?"

"Він дуже цокотів, коли ходив. Це нагадало мені сон, який я бачив про Пі-Джея, Ардена і гільйотину".

"О, я пам'ятаю, ти розповідала нам про цей сон. Він був таким же страшним, як кат?"

"Майкл був дуже розлючений, і небезпідставно. Еріель зрадив його, всіх архангелів і нас. Я не розумію, що могло бути вартим такого ризику?"

"Влада - деякі люди готові на все, щоб її отримати. Але нам потрібно з'ясувати, як ми можемо використати окуляри Рафаеля, щоб зупинити план Еріеля та "Фурій", який вони запустили в дію".

І-Зі зняв їх з обличчя. Коли він їх одягнув, кров не пульсувала і не рухалася в оправі, як це було, коли їх носив Рафаель. На ньому вони були такими ж, як і будь-які інші окуляри.

"Накажи окулярам щось зробити", - запропонував Альфред.

"Окуляри зникають", - скомандував І-Зі.

Він впустив їх, і вони впали на підлогу.

І-З зітхнув. Дві голови в цьому випадку точно не були кращими за одну. Він розсміявся.

"Приємно бачити, що Хадз і Рейкі повернулися. Вони тут, щоб залишитися? Я маю на увазі, щоб допомогти нам?"

"Так, але вони багато пережили останнім часом і, можливо, страждають від ПТСР - посттравматичного стресового розладу".

"Так, я знаю. А що сталося?"

"Еріель трапився, ось що. Він сіяв хаос і хаос на землі і скрізь, де тільки можна". І-Зі зробив паузу. "А що, якщо я використаю окуляри, щоб змінити свою форму?"

"І що ти зробиш?"

"Якби я міг змінювати свою форму, я міг би відвідати "Фурії" як Еріель".

"Це спрацювало б, якби вони не знали, що його спіймали", - сказав Альфред.

"Так, але якщо вони не знають. Подумай про шкоду, яку я міг би заподіяти. Я міг би піти туди. Вони б подумали, що я на їхньому боці. І я міг би піти проти них. Бам! Я міг би вибити їх прямо з парку!"

ХЛОПОК.

ХЛОПОК.

"Це було б занадто небезпечно!" закричав Хадз.

"Дуже, дуже, дуже, дуже, дуже небезпечно!" відлунювала Рейкі.

"Крім того, у нас є інша ідея."

"Розкажи нам", - сказав І-Зі.

"Вони відтворили Білу кімнату, тож ми повернулися туди, щоб подивитися, чи є якісь книги про окуляри Рафаеля".

"І що? Знайшлася книжка?"

"Ні", - сказав Хадз.

"Але ми знайшли ось це", - сказала Рейкі.

Це був крихітний буклет, розміром приблизно з кінчик вказівного пальця Е-Зі. На корінці було написано: "Перша книга Рафаеля: "Перша книга Єноха" Рафаеля.

Хадз і Рейкі гортали сторінки, оскільки книга була ідеального розміру для них обох, щоб тримати її разом.

"Тут сказано, - читав вголос Хадз, - що метою Рафаїла було зцілення землі, яку осквернили занепалі ангели".

"Пам'ятаєш, - сказав Рафаїл, - що я можу звернутися до неї лише тоді, коли кінець вже близько? Можливо, і окуляри відкриють мені свою силу лише тоді, коли це буде потрібно".

"Саме так, - погодилися Хадз і Рейкі.

"Думаю, нам потрібно провести мозковий штурм з іншими, але твоя ідея змінити свою зовнішність на зовнішність Еріеля хороша", - сказав Альфред. "Нам тільки треба придумати, як тебе підстрахувати, коли ти будеш це робити, щоб убезпечити тебе".

"Це погана ідея", - сказав Хадз.

"Дуже погана ідея!" сказала Рейкі.

"Чому?" запитав Альфред.

"По-перше, ти не знаєш, що знають "Фурії".

"Або не знаємо."

"По-друге, це може бути пастка.

"Пастка, влаштована Еріелем і "Фуріями".

"По-третє, і це найважливіше.

"Еріел боїться Майкла".

В унісон вони сказали: "Окуляри Рафаеля повинні містити ключ до всього. Еріель шукає прощення і спокути у Михаїла та інших архангелів. Це його єдина надія. Ви - його єдина надія. Тому ми віримо, що він сказав тобі правду".

"Але що, якщо "Фурії" не знають про ситуацію з Еріелем? Поки вони в невіданні, у нас є перевага", - сказав Альфред.

"Я згоден", - сказав І-Зі.

Лія висунула голову в кімнату, а за нею і решта банди. "Як справи?" - запитала вона.

"Заходьте, і я поясню. І зачини за собою двері".

"Звучить сумнівно", - сказала Лія. Вона помітила Хадза і Рейкі і помахала їм рукою. Потім вона зачинила за ними двері і замкнула їх.

РОЗДІЛ 16
ЩО ДАЛІ?

"Сідайте, влаштовуйтеся зручніше", - сказав він, коли всі навалилися на його ліжко. "По-перше, для тих, хто ще не познайомився з ними - це Хадз, а це Рейкі. Вони - друзі та янголи-помічники. Вони були призначені, щоб допомагати нам".

Харуто вклонився, Лачі сказав: "Доброго дня!" Чарльз і Бренді потиснули їм руки.

Після того, як усіх офіційно представили, команда посідала вздовж ліжка. І-3 подумав, що вони схожі на пасажирів, які чекають на автобус.

"Ми всі тут, щоб перемогти "Фурії". Але є деяка поточна інформація, яку ми повинні розглянути. Перш ніж рухатися далі."

"Що ти маєш на увазі?" запитала Лія. "Ти хочеш сказати, що ми можемо відмовитися?"

І-Зі прочистив горло.

"Буде краще, якщо ви дозволите мені все розповісти, а потім ви зможете ставити запитання. Напевно, я повинен був почати з цього. Але я все ще обмірковую все сам". Він завагався. "Я маю на увазі, що дайте мені трохи часу, бо це складна ситуація, і ще складніше її пояснити".

Всі кивнули, і він продовжив.

"Еріеля взяли під варту архангели. Він зрадив їх і зрадив нас. Він більше не загрожує нам, але він скомпрометував нашу місію. Проблема в тому, що ми не знаємо, наскільки. Але ми знаємо більше про його наміри - отримати контроль над землею будь-якими можливими способами. Виступати проти архангелів, щоб зробити це, було певним ризиком - навіть коли на його боці були "Фурії"".

Усі присутні здригнулися, і він зробив паузу на мить-другу, перш ніж продовжити.

"Архангели відвернулися від нього. Я зустрів Михаїла, який керує архангелами, і він був огидний до Еріеля. А Еріель боявся його".

Більше чутних зітхань.

"Наш план А полягав у тому, щоб заманити "Фурії" в пастку в ігрове середовище. Еріель знав про цей план. Насправді, він заохочував нас до його реалізації. Отже, нам потрібно перейти до плану Б. Самого факту, що він знав про план А, достатньо, щоб відмовитися від нього".

Ще більше зітхань і "О ні!"

"Отже, план Б. Я знаю, що ви думаєте про очевидну річ: у нас немає плану Б. Ну, у нас його не було. Але тепер є. Чи шокує вас той факт, що наш план "Б" пролунав з вуст нашого зрадника?"

Всі кивнули.

"Як я вже казав, я зустрічався з Майклом. Саме він запропонував Еріелю, що до нього може бути застосована поблажливість, якщо і тільки якщо він допоможе нам.

"Майкл дав нам лише п'ять хвилин наодинці. І більшу частину цього часу Еріель мовчав. Потім, коли час майже закінчився, він промовив три слова: "Візьми окуляри Рафаеля" - і все. Пізніше я згадав, що Рафаель сказав, що Чарльз може бути нашою секретною зброєю, тому з окулярами у нас може бути дві зброї, про які вони не знають".

Чарльз ахнув.

І-З підтвердив слова Чарльза кивком.

"Але перед тим, як ми звузимо коло пошуку і проведемо мозковий штурм, нам потрібно поглянути на загальну картину і вирішити, чи це наша боротьба. Якщо це те, в чому ми все ще хочемо брати участь як команда.

"Завдяки Еріелю я сьогодні живий. Він врятував мене, а потім сказав, що я винен йому та іншим архангелам. Щоб віддати цей борг, я пройшов кілька випробувань. З'явилися Альфред і Лія, і разом ми утворили Трійцю. А потім ми розлучилися на їхнє прохання.

"Ми створили власний сайт про супергероїв і допомагали людям. Аж поки архангели не попросили нас допомогти перемогти піратів Ловців Душ. Згодом ми дізналися, хто вони такі: Фурії, могутні та злі грецькі богині, які повернулися.

"Хадз і Рейкі взяли мене на розвідку, щоб показати їхню штаб-квартиру в Долині Смерті. Там я на власні очі побачив запаси контейнерів, наповнених душами дітей. Пізніше у нас забрали Пі-Джея та Ардена. Їхній стан не змінився. І ми на власні очі, завдяки Рафаелю, побачили тих мерзенних богинь за роботою.

"Фурії - гідні супротивники. Якщо ми битимемося з ними, ми можемо загинути. Це, звичайно, не найсвіжіша інформація, але чи варто ризикувати життям зараз, коли Еріель нас зрадив?

"Беручи до уваги все, а особливо те, що на нашому боці є дві секретні зброї. Зброя, яку ми не знаємо, як застосувати. Можливо, ми перебуваємо в хорошій ситуації, щоб виграти цю боротьбу. Якщо ми будемо триматися разом і прикривати один одного. Якщо ми готові поставити на кін своє життя все ж таки заради більшого блага. Заради блага Землі, заради порятунку Землі. Що скажете?"

Наступної миті всі, окрім Альфреда, підстрибували на ліжку, вигукуючи: "Один за всіх і всі за одного!"

І-Зі підняв руку. "

"Хто за те, щоб битися з "Фуріями", скажіть "Так".

Рішення було одноголосним.

Собо постукав у двері і запитав: "Можливо, я теж можу допомогти".

РОЗДІЛ 17
ЗАПИТАЙТЕ ЧАРЛЬЗА ДІККЕНСА

Бренді голосно засміялася, змусивши всіх присутніх у кімнаті подивитися в її бік. Тепер, коли вона привернула загальну увагу, вона запитала: "І як же ви, пенсіонер, збираєтеся допомогти нашій команді дітей-супергероїв перемогти трьох могутніх злих богинь?"

По всій кімнаті пролунало зітхання, що змусило Харуто швидко пересунутися в бік своєї Собо. Він схопив її руку і притиснув до свого серця.

Собо, яку не збентежило невігластво Бренді, прошепотіла онукові заспокійливі слова японською мовою.

"Вибачся", - зажадав І-Зі.

"Все гаразд", - відповів Собо. "Вона має рацію, можливо, я не такий супергерой, як усі ви, але кожен у цьому житті може щось дати".

"Вибач, Собо", - сказала Бренді. Вона не зупинилася на цьому. "Я мала на увазі..."

"Замовкни!" вигукнула Лія. "Заходь, Собо."

"Нам знадобиться будь-яка допомога", - сказав І-Зі.

Чарльз підвівся, пропонуючи своє місце Собо і Харуто.

"Дякую", - сказала Собо, і вони з онуком кілька хвилин сиділи пліч-о-пліч, не розмовляючи.

"Ти добре себе почуваєш?" запитав Харуто.

"Так, малий, - відповіла Собо. "Я теж маю суперсилу. Ця суперсила називається перетворення. Я прожив багато життів і зіграв багато ролей... з кожним життям я вчуся чомусь новому. Я відкритий до навчання, в цьому і є сенс життя. Я пропоную своє життя; я зроблю все, щоб врятувати вас. Всіх вас."

"Навіть мене?" запитав Бренді.

Собо розсміявся. "Особливо тебе, дитино".

Бренді перетнула кімнату і обійняла Собо за шию. "Дякую тобі. Але чому саме я?"

Харуто підвівся і, притиснувши руки до стегон, вигукнув: "Тому що ти божевільна!"

Всі засміялися, включаючи Бренді.

Собо сказав: "Тому що ти безстрашний. Так, безстрашність - це сильна емоція, але ви повинні навчитися терпінню. Тобі потрібно і те, і інше, щоб вижити в цьому світі. Маючи і те, і інше, ви станете ще більшою силою, з якою будуть рахуватися. Життя полягає в тому, щоб змінюватися, змінюватися зсередини назовні, ззовні назовні, зсередини всередину. Вчитися. Рости. Ми повинні бути як дерева, змінюватися зі зміною пір року, гнутися за вітром".

"Так красиво, - сказав Чарльз.

"Але світ наповнений як добром, так і злом, - сказав Собо. "І так має бути. Одне повинно існувати для того, щоб існувало інше. І ми, ти, я і всі присутні тут, повинні боротися тільки на боці добра. У цьому світі може бути лише один переможець. Цей переможець повинен бути на благо всього людства".

Собо замовкла. Поки вона переводила подих, інші мовчали, чекаючи на її продовження.

"Я прийшла сюди, - продовжила Собо, - щоб передати вітання від Розалі".

"Ви з Розалі, Собо, але як?" запитала Лія.

"Розалі прийшла до мене уві сні. Звідки я знав, що це була вона? Тому що вона мені так сказала. Сни - потужні об'єднувачі. Духи перетинають світи і змішуються з нами, щоб бути з нами, або щоб розповісти нам те, чого ми не знаємо, наприклад, попередження, передчуття. Розалі хотіла допомогти нам боротися, боротися і перемогти".

"Так, - сказав Е-Зі. "Мені часто сняться мої батьки. Іноді вони відкривають мені речі, або розповідають те, про що не могли знати. Якби вони не розділили зі мною моє життя".

"Так, любов - це сильна емоція, яка не має кордонів. Ті, кого ти любиш, будуть шукати тебе, знайдуть тебе, допоможуть тобі, навіть у найтемніші часи".

"А вона, - запитала Лія, - щаслива?"

Собо посміхнувся. "Щастя - це ще не все. Дозвольте мені просто сказати вам, що вона є собою. Це все, що вам дійсно потрібно знати. І як вона сама, як посудина, що бореться на боці лише добра, вона вірить у вас, містере Чарльзе Діккенс. Ви - наша сила".

"Я?" перепитав Чарльз.

"Так, Чарльзе. Відведи нас до бібліотеки. Бібліотеку в хмарах."

"Я ніколи не чув про неї. Я не можу вас туди відвести. Вона, мабуть, переплутала мене з кимось іншим."

"Яка бібліотека?" запитала Бренді.

"І чому вона в хмарах?" запитала Лія.

"Я був там", - сказав Собо. "Вона дуже стара і захищена... тільки ті, хто знає, знають".

"Я не один з них", - сказав Чарльз.

"Тобі просто потрібна невелика допомога", - сказав Собо. "Дай йому окуляри Рафаеля, і тоді він буде в курсі".

"Зачекай хвилинку", - сказав І-Зі. "Як ти туди потрапив?"

"Ти мені не віриш?" Собо посміхнувся. "Розалі перенесла мене туди уві сні... вона дух... і вона вела мене, як мандрівник уві сні".

"Ти впевнена, що це не був спогад, яким вона ділилася про Білу кімнату?"

"Безумовно ні. Звідки мені це знати?" запитав Собо. "Тому що Розалі сказала мені, що ніколи не хотіла повертатися туди, де її вбили ті жорстокі сестри".

"Це має сенс, і все ж, те, що Рафаель сказав про те, що ніколи не віддасть окуляри - нікому - змушує мене хвилюватися, чи не піду я проти її волі".

"А що, якщо Розалі не належить до тих, хто в курсі?" запитав Собо. "Невже ми маємо втратити цю можливість збільшити наші шанси на перемогу над "Фуріями", відкинувши останню інформацію від Розалі, яка є нашим надійним другом і довіреною особою?"

"Спочатку розкажи мені, - сказав І-Зі, - як це було?"

Собо заплющила очі. "Уявіть собі час, коли ви вмикали гарячу воду тільки в душі або ванні, без вентилятора і з відчиненими вікнами. Ви виходили з кімнати, щоб щось взяти, і зачиняли двері. Коли ви відчинили їх пізніше, кімната була наповнена парою, і коли ви увійшли, ви нічого не могли бачити - спочатку. Але очі адаптувалися, і тоді ти міг бачити все. Так було і зі мною, коли я вперше увійшла до Хмарної бібліотеки".

Вона розплющила очі. "Уявіть собі внутрішню частину хмари, де існують книги. Кожна книга, написана, видана, вся перед тобою. Її можна читати, брати, вивчати. Саме так було в Хмарній бібліотеці. І ми всі повинні піти і побачити це на власні очі, зараз. Сьогодні."

"Звучить чарівно, - сказав Чарльз. "Я хочу туди поїхати. Я хочу взяти вас усіх туди".

"Це звучить занадто добре, щоб бути правдою", - сказала Бренді.

Собо посміхнувся.

І-З завагався, перш ніж зняти окуляри і передати їх Чарльзу.

"Ю-Зі, - сказав Собо, - Розалі сказала мені, що виключенням з правила Рафаеля був Чарльз. Пам'ятаєте? І саме вона відкрила мені, що Чарльз був нашою таємною зброєю".

І-З кивнув і передав окуляри Чарльзу.

Чарльз без вагань надів їх. Коли він засовував їх за вуха, кольори на оправі пульсували всіма відомими людині кольорами. Усіма кольорами, окрім червоного. Коли окуляри набули трав'янистого відтінку зеленого, шия Чарльза скрутилася вліво-вправо-вліво-вправо-вліво. Він випроставя, подивився вперед.

"Я готовий", - сказав він. "Візьміться за руки, щоб ми всі були пов'язані, і я відведу вас туди".

"Зачекайте на нас!" Хадз і Рейкі заплакали, стрибнувши на плечі Е'З і тримаючись за життя. Минула мить, і ніхто нікуди не пішов.

РОЗДІЛ 18
WHAT WENT WRONG?

"**Я** не розумію, - сказав Чарльз. "Я бачив це в моїй голові. Можливо, мені потрібні інструкції, або якісь магічні слова. Розалі не казала тобі, що я повинен зробити щось особливе, окрім того, що одягнути окуляри на Собо?" запитав Чарльз.

Собо похитала головою. "Спробуй щось інше".

"Відведи нас до Хмарної кімнати!" - зажадав він.

Цього разу вся група похитнулася, наче хтось відчинив вікно.

"Закрийте очі", - сказав Чарльз. "Всі готові?" Всі кивнули. Він заплющив очі, і група супергероїв плюс Собо розпалася на частини.

"Щось відчувається по-іншому", - сказав Лачі, розплющивши очі. "Я відчуваю себе інакше".

Е-Зі також відчув щось дивне, коли розплющив очі. Хадз і Рейкі вже хропіли. Здавалося, дивний час для них, щоб подрімати. А що ще було іншим? Окуляри Рафаеля були безбарвні. Чому? Такого раніше ніколи не траплялося. А що ще? Альфред - де в біса був Альфред?

"Альфред? Де ти?"

Лія розплакалася.

"Чому ти плачеш?" запитав І-Зі.

"Тому що я нічого не бачу, не своїми руками. Більше не бачу."

"Чарльзе. Окуляри, - сказав Бренді.

"А як щодо окулярів?" Він зняв їх.

Вони затулили вуха, а Собо закинула голову назад і завила, як баньши, аж поки тиха оркестрова музика не заглушила її крики, і всі не заснули.

✳✳✳

Тепер, коли близнюки спали, Саманта і Сем цікавилися, як проходить зустріч у кімнаті E-Z. Коли вони прийшли, двері були замкнені, а на їхній стукіт ніхто не відповів.

"Це дивно, - сказав Сем. "E-Z ніколи не замикає двері".

"Візьми ключ", - сказала Саманта.

Коли Сем вставляв ключ у замок, у нього виникло погане передчуття.

Сем і Саманта дивилися на Собо, Бренді, Лію, Лачі, Харуто, Чарльза та І-Зі, що стояли попереду, наче манекени у вітрині магазину.

"Вони ледве дихають", - сказав Сем.

"А де Альфред?"

"І чому Чарльз носить окуляри Рафаеля?"

"Мені страшно", - сказала Саманта, взявши чоловіка за руку.

"Не думаю, що ми повинні тут щось порушувати, - сказав Сем. "У мене таке відчуття, що відбувається щось, про що ми не знаємо.

"Це моторошно."

"Що це?" запитав Сем, помітивши коробку в кінці ліжка Ю-Зі. "Я не можу в це повірити! Цього не може бути." Він нахилився і підняв кришку скрині, яку багато разів бачив у кімнаті свого брата. Скрині, яка, як він думав, згоріла під час пожежі. Як і у випадку з Е-Зі, спогади, створені запахами всередині, піднялися вгору, і його переповнили емоції.

"Ходімо звідси, - сказала Саманта. "Ти можеш розповісти мені більше про скриню, зовні".

"Давай почекаємо трохи. Вони скоро прокинуться і..."

"Не думаю, що у нас є інший вибір", - сказала Саманта, коли вони зачинили за собою двері.

РОЗДІЛ 19
ХМАРНА КІМНАТА

Чарльз на мить зупинився, роздивляючись навколишню обстановку. Чи не в те місце він їх привів? Він та інші (всі вони спали) були високо в небі, без жодної хмаринки. Вони приземлилися посеред скляної платформи. Як вона трималася, він не мав жодного уявлення. Він помітив, що інвалідний візок Е-Зі котиться вперед, тож підбіг і розбудив його.

"Де ми?" - запитав він, торсаючи Хадза і Рейкі, які все ще спали на його плечах, але вже прокинулися.

"Прокидайтеся! Прокидайтеся!" скомандував Чарльз.

Один за одним вони розплющили очі, а потім, усвідомивши, як високо вони знаходяться, притиснулися один до одного, намагаючись не ворушитися. Намагаючись не дивитися вниз крізь скляну панель, яка не давала їм розбитися об землю.

"Якби тут були перила!" вигукнула Лія. Тепер вона могла бачити все, але якась частина її хотіла б цього не бачити.

"Я не можу збагнути, що її тримає, - сказав Чарльз.

"Я ніколи не була великим шанувальником висоти", - сказала Бренді, хапаючись за найближчу до неї руку Чарльза.

"О, - сказав він, відчуваючи, якою холодною була її рука.

"Я злітаю туди і подивлюся", - сказав І-Зі і полетів, рухаючись навколо платформи, яка, здавалося, виросла з повітря, без жодної опори і якоря, що утримував би її на місці.

Харуто тримав бабусю за руку. Вона прокидалася повільніше за інших. Коли вона, здавалося, повністю прокинулася, все, що вона сказала, було "О ні". Знову і знову.

"Це не та хмарна кімната, до якої тебе водила Розалі?" запитав Чарльз.

Собо зробила крок, два кроки, поки діти трималися за неї. Вона заплющила очі, міцно заплющила їх, а потім знову розплющила.

"Що ти робиш?" запитала Бренді.

"Шукаю книги", - відповіла Собо. "Якщо це те місце, то тут мають бути книги. Багато книг. Я не бачу жодної. Жодної".

Е-Зі, який все ще досліджував структуру платформи, запитав: "Чи є відчуття, що ми в правильному місці? Чи можна замаскувати книжки? Хтось може їх побачити?"

Всі заперечливо похитали головами, навіть Хадз і Рейкі, які до цього моменту не промовили між собою жодного слова.

"У мене погане, погане передчуття щодо цього місця", - співали в унісон Хадз і Рейкі.

Чарльз вагався, перш ніж заговорити. "Я бачив бібліотеку в своїй голові, коли одягнув окуляри, і це було так, як нам описав Собо. Там не було скляної платформи. Це місце не було таким, яким я його собі уявляв. Спочатку я подумав, що окуляри помилилися, але тепер, якщо Хадз і Рейкі мають погане передчуття, то і Собо теж, гадаю". Собо кивнула, і він помітив, що вона тремтить.

"Думаю, нам треба забиратися звідси до біса - і якнайшвидше".

І-Зі помітив, що Альфред зник. "Хто-небудь знає, що сталося з Альфредом? Ми всі були пов'язані дотиком, коли прийшли сюди. Як він міг прив'язатися?" Тепер він помітив, що Хадз і Рейкі здавалися не в собі. Вони були ніби під дією наркотиків, їхні очі заплющувалися, і їм було важко не спати.

"У лебедів немає пальців, щоб доторкнутися", - співали в унісон двоє янголів-самозванців. Вони розреготалися і закружляли по колу, поки у них не запаморочилося в голові, і вони не впали на скляну підлогу з хлюпанням.

"Гаразд, Чарльзе, з мене досить доказів. Відвези нас назад додому - зараз же".

Чарльз, який зняв окуляри Рафаеля, а тепер знову надів їх з наміром виконати наказ Е-Зі, вигукнув: "О, ось вони!"

"Тепер ти бачиш книги?" запитав Собо.

"Я не міг, коли ми тільки прибули, але тепер можу. І що мені тепер робити?"

"Це не має сенсу, - відповів Собо, - навіщо їх спочатку замаскувати, а потім показати?". Розалі про це не згадувала".

"Я думаю, що повітря тут впливає на наш мозок, - сказав І-Зі. - Я починаю відчувати себе не в своїй тарілці. "Я починаю відчувати себе не в своїй тарілці, паморочиться в голові. Нам краще забиратися звідси, і якнайшвидше, інакше ми опинимося на платформі обличчям донизу, як Хадз і Рейкі".

Чарльз простягнув руку, і в неї влетіла книга, яку він запхав собі під сорочку. "Поверни нас назад!" - закричав він. Як і першого разу, коли вони спробували, нічого не сталося.

"Можливо, нам потрібно взятися за руки", - сказав Собо. "І знову заплющити очі".

Вони зробили і те, і інше, і одразу ж величезні пориви вітру почали носити їх по платформі. Вони зіщулилися, як футбольна команда перед великою грою, вчепившись одне в одного. Штовхали ногами платформу, сподіваючись, що не злетять.

І-Зі ламав голову, намагаючись придумати вихід. Чи можна було використати єдиний шанс покликати Рафаеля, щоб він прийшов на допомогу? Він подивився на Чарльза, який, здавалося, згасав і згасав. "Чарльзе!" - закричав він, а потім помітив, що через його плече до них швидко наближаються Малюк, Маленька Дорріт і Альфред.

Альфред закричав: "Ми повинні забрати тебе звідси - негайно. Це місце - як маяк, який висвітлює вас для всього світу, включаючи "Фурії"!".

Собо схлипнув: "Я не знав, що вони використали Розалі як пастку".

"Чарльз бачив книги, і навіть отримав одну з них. Давай переберемося в безпечне місце. Ніхто не винен. Ваші наміри були добрими", - сказав І-Зі.

"Дякую", - сказала Собо, коли почала втрачати свідомість, як і Чарльз. Бренді взяв її за руку і міцно тримав, доки Собо не перестала зникати.

Альфред сказав: "Ходімо!"

Лачі вистрибнув на спину Малюкові, затягнувши тремтячого Чарльза на борт, і вони полетіли. Книга, яку він тримав у сорочці, розширилася, і два ґудзики відлетіли від неї. Він міцно тримав книгу однією рукою, а іншою - Лачі, коли Малюк набирав швидкість.

Маленька Дорріт вклонилася, не торкаючись платформи, щоб решта могли сісти на борт, а І-Зі схопив Хадза і Рейкі. Вони полетіли, Альфред та І-З летіли пліч-о-пліч, а небо змінювалося з синього на чорне, з чорного на синє, з синього на чорне, і з'являлися зірки, але це були не зірки. Це були очні яблука. Козявка стріляв очними яблуками, як ті, що він бачив у Долині Смерті, коли вперше зустрівся з "Фуріями".

УДАР. УДАР. УДАР.

ШЛЬОП. SPLAT. ПЛЕСК. ПЛЕСК.

ПЛЕСК. ПЛЕСК. ПЛЕСК. ХЛЮП. ХЛЮП!

Чарльз закричав на все горло: "ДІМ!" І цього разу це спрацювало. Вони знову були вдома. У безпеці.

Харуто обійняв бабусю.

"Як добре, що ми знову вдома", - сказали вони один одному.

За мить приїхали Сем і Саманта.

****

"Ми побачили ваші тіла, які спали у вашій кімнаті. Ми не знали, що робити", - сказав Сем.

"Це довга історія", - сказав І-Зі.

Собо запитав Чарльза: "Тобі вдалося втримати книгу?" "Звичайно, вдалося", - відповів Чарльз, піднявши її догори. Це був великий том, у твердій палітурці, з товстим корінцем, який могли бачити і читати всі - "Великі надії Чарльза Діккенса".

"Великі надії" Чарльза Діккенса.

"Ти привіз одну зі своїх книг?" - вигукнула Бренді. вигукнув Бренді.

Лачі насміхнувся.

"І..." сказав Чарльз. "Ти сказала мені вибрати будь-яку книгу, і я витягнув навмання саме цю".

"Все відбувається не просто так", - сказала Лія.

"Але це вже занадто", - вигукнула Бренді.

"Заспокойтеся всі, - сказав І-Зі. "Чарльз зробив усе, що міг за даних обставин - і принаймні ВІН зміг побачити книги. Ніхто з нас не міг".

"Великі надії", - сказав Альфред, - "це книжка, яку можна з'їсти!" Він звучав як британська версія тигра Тоні з реклами пластівців.

"Він має рацію, - погодилися Сем і Саманта. "Це один з найкращих романів, коли-небудь написаних".

Чарльз зняв окуляри Рафаеля і передав їх назад І-Зі, який одразу ж надів їх. Він похитав головою, але назва книги, яку Чарльз все ще тримав у руках, була іншою. Він прочитав нову назву вголос,

"Поле мрій В. П. Кінселла".

"Дай-но я спробую", - сказала Лія, простягаючи Рафаелеві окуляри.

"Зачекай!" закричав Е-Зі, коли Лія зняла їх з його обличчя. "Не надягай їх. Пам'ятаєш, Рафаель сказав, що тільки я можу їх носити, але я зробила виняток для Чарльза через сон Собо, але я не думаю, що ми повинні передавати їх іншим. До того ж, ми вже знаємо відповідь на питання, яке ми всі собі ставимо. Це книжка, яка стає такою, якою читач хоче її бачити".

"Або повинен побачити, - каже Собо.

"Але я не хотів і не потребував бачити "Великі надії". Я навіть ніколи не чув про неї!"

"Але уяви, - сказав Сем, - якою бібліотека може бути в майбутньому. Все, що нам потрібно зробити, це придумати назву книги, і вуаля, ми тримаємо її в руках".

"Але це не дуже добре для авторів, я маю на увазі, як вони будуть отримувати гроші?" запитала Саманта.

"Я не знаю, як це все працюватиме, і, можливо, ми втрачаємо щось важливе", - сказав Альфред.

"Що саме?" запитав Ю-Зі.

"Що, якби це була книга, яка обрала читача, а не навпаки?"

"Ду-ду-ду-ду-ду", - заспівав Бренді під музику з "Сутінкової зони".

"Підсумуймо. Собо наснився сон, у якому Розалі показала їй Хмарну бібліотеку, і за допомогою окулярів Рафаеля Чарльз міг би відвести нас туди. Що він і зробив, але місце виявилося не таким, як очікувалося. Тільки Чарльз міг бачити книги, він схопив одну з них, і на зворотному шляху на нас напали козявки, що стріляли очними яблуками, схожими на тих, що напали на нас з Хадзом Рейкі в Долині Смерті." "Ось так, в двох словах", - сказала Бренді.

"Мені цікаво, чи розповів Еріель "Фуріям" про те, що Рафаель віддав окуляри Е-Зі?" - запитала Лачі.

"Цього ми, можливо, ніколи не дізнаємося", - відповів І-Зі, - "тому що Майкл дав Еріелю лише один шанс поговорити зі мною". Він підійшов до вікна і виглянув на вулицю. "Цікаво", - сказав він.

"Цікаво що?" - вигукнули всі.

Якщо "Фурії" знають про окуляри та їхню силу. Якщо вони обдурили нас через Розалі, щоб потрапити до Хмарної бібліотеки, то вони повинні знати про Чарльза. Це означає, що він більше не секретна зброя. Як вони могли дізнатися? І все ж, козявки в очах - це занадто великий збіг".

"Еріель казав тобі носити окуляри, - сказав Альфред.

Я бачив його, як його затримували, і не було ніякого способу, ніякого способу, щоб він міг повідомити "Фуріям"... не з Майклом, який стежив за кожним його кроком". І-Зі відкотився туди, де стояли інші. "До речі, Альфред, як ти від нас відірвався?"

"Я загубився в чорній хмарі, поки не покликав на допомогу Крихітку Дорріт і Малюка, а решту ви знаєте."

"Це було так дивно, - сказав Чарльз. "Я не бачив книжок, знімав окуляри, одягав їх знову, а вони були скрізь. Але я був єдиним, хто міг їх бачити".

"Я їх бачив", - сказав Малюк. "Ось ця летіла до мене", - він кинув її Чарльзу, який зловив її двома пальцями.

Це була мініатюрна книжечка з крихітною назвою на корінці, яку всі читали вголос:

"Все, що ви коли-небудь хотіли знати про "Фурії", але боялися запитати, від аноніма".

"В яблучко!" вигукнув Бренді.

Вони зібралися навколо крихітної книжечки, а Чарльз обережно розгорнув її. Всередині обкладинка була порожня, як і перша сторінка. Він перегорнув наступну сторінку, де були слова, які одразу ж почали рухатися, перемішуватися. Слова пливли по сторінці, перемішуючись і перетасовуючись, наче забули, які слова і яку мову вони мали б представляти.

Е-Зі, який все ще носив окуляри Рафаеля, відчув запаморочення, коли слова переміщалися, і він зняв їх.

"Спробуй ти", - сказав він Чарльзу, передаючи окуляри.

Чарльз одягнув їх і швидко зняв, поспішаючи до вікна, щоб подихати свіжим повітрям. Він повернув їх назад Е-Зі.

"Тепер ти", - сказав він Собо, який відмовився приміряти окуляри, як і Харуто.

"Я спробую", - сказала Лія, але незабаром приєдналася до Чарльза біля вікна.

"Лачі?" запитала І-Зі.

"Звичайно", - відповів він, надягаючи окуляри, а потім одразу ж знімаючи їх знову. "Ні", - сказав він, падаючи на ліжко.

"Дозвольте мені спробувати!" сказала Бренді, коли Е-Зі вклав окуляри в її руку, і вона приклала їх до обличчя. "Хвилинку, - сказала вона, - здається, я щось бачу, це..." і виплюнула зелену субстанцію, яка, на щастя, влучила в стіну, а не в людину.

"Ходімо з нами, - звернулися Сем і Саманта до Бренді, - ми допоможемо тобі відмитися".

"О, дякую", - сказав І-Зі, розвертаючи свій стілець до Альфреда, а потім одягаючи окуляри на дзьоб.

"Лебідь в окулярах. Смішно!" сказав Альфред.

"Ти виглядаєш дуже старанним!" сказав Чарльз.

"Ти схожий на професора Людвіга фон Дрейка!" вигукнув Бренді.

Сем сказав: "Він був учителем Дональда Дака".

"О," - сказали ті, хто був надто малий, щоб чути про Дональда Дака.

"Боже мій", - сказав Альфред, коли слова перестали кружляти і повернулися до того, як їх написав автор. Він прочитав перші дві сторінки, потім наступну, наступну і наступну. Він пролетів крізь усю книгу з легкістю швидкісного читача, і коли він закінчив, книга захлопнулася.

БУМ!

І вона зникла.

"Що ж, це було цікаво", - сказав Альфред, повертаючи окуляри назад Е-Зі і стримуючись, щоб не впасти.

"Ти хочеш сказати, що прочитав її повністю?" запитав Сем. "Ці окуляри дивовижні".

"Я все пам'ятаю, але мені потрібно обробити інформацію і мені потрібно відпочити. Я не хочу сидіти тут і перечитувати тобі все повністю. Краще, якщо я розберуся з тим, що дізнався, а потім ми про це поговоримо".

"А якщо, - запитала Бренді, - ти пропустив щось, що не пропустив би хтось із нас? Нічого особистого".

Альфред розсміявся. "Те, що я зараз у формі лебедя, не означає, що я не прочитав багато-багато книжок за своє життя. Насправді, в молодості я навчався в Оксфордському університеті і закінчив його з відзнакою. Я вивчав літературу та мистецтво".

І-3 сказав: "Ти не вибрав книгу - книга вибрала тебе. Ніхто з нас не міг прочитати в ній жодного слова".

"Дякую, що повірили в мене".

Лія сказала: "Скільки часу ти хочеш обдумувати? Може, підемо подивимося фільм?"

Саманта відповіла: "Мені потрібно приготувати ще попкорну. Ми вже з'їли повну миску".

"Їжа для зняття стресу", - сказав Сем з посмішкою.

"Дякую", - сказав Альфред. "Я повернуся до вас, як тільки зможу".

"Не поспішай, - сказав І-Зі, - приєднуйся до нас, коли будеш готовий".

Вони пішли до вітальні й почали готувати фільм. Саманта приготувала ще трохи попкорну в мікрохвильовці. Всі зібралися навколо, щоб подивитися фільм.

Альфред деякий час спав на своєму звичному місці, але йому снилися сни, переважно кошмари, і врешті-решт він вийшов у сад подихати свіжим повітрям. Всі залежали від нього, і він відчував тиск, оскільки зміст мініатюрної книжки крутився в його голові.

РОЗДІЛ 20
ПОВІДОМЛЕННЯ З ФРАНЦІЇ

Е-Зі подивився першу половину фільму разом з іншими, а потім, відчуваючи неспокій, вирішив надолужити згаяне, попрацювати. Він зазирнув до своєї кімнати, сподіваючись знайти там Альфреда, який міцно спав, але його ніде не було. Занепокоєний, він підійшов до задніх дверей і, визирнувши, побачив лебедя, який міцно спав, розкинувшись у кріслі на газоні. Він зачинив двері, повернувся до своєї кімнати, відкрив ноутбук і увійшов у систему.

Він кілька разів прокручував у голові свої думки, вирішуючи, чи може він зосередитися на написанні роману, чи краще витратити цей час на дослідження їхніх ворогів - "Фурій". Звук повідомлення, яке прийшло на його поштову скриньку, прийняв рішення за нього. Воно було позначене червоною галочкою, що означало терміновість, і хоча воно не містило вкладень, він не натиснув на нього. Натомість він прочитав його в режимі попереднього перегляду. Або спробував прочитати. Повідомлення було зовсім іншою мовою. Він помітив кілька слів, які впізнав як французькі, тож скопіював текст, зайшов у пошукову систему і вставив наступне повідомлення в онлайн-перекладач:

Cher E-Z Dickens,

Je m'appelle François Dubois et j'ai sept ans. J'habite à Paris, en France, et j'aimerais faire partie de votre équipe de Superhéros. Ви запитуєте, можливо, які компетенції я міг би застосувати в команді. Це гарне запитання, і я із задоволенням відповім на нього. Але я вимагаю, щоб цей сайт був захищений.

Якщо ви хочете поговорити зі мною про переваги, ви можете надіслати мені листа безпосередньо. Моя адреса для листів спільна. Я був радий бачити ваших нових друзів.

Ваш друг,

Франсуа

Він натиснув кнопку "Відправити", і з'явився наступний переклад:

Шановний Е.-З. Діккенс,

Мене звуть Франсуа Дюбуа, і мені сім років. Я живу в Парижі, Франція, і я хотів би бути у вашій команді Супергероїв. Ви можете запитати, які навички я можу принести команді. Це гарне запитання, і я з радістю на нього відповім. Але мені цікаво, чи безпечний цей сайт?

Якщо ви хочете поговорити зі мною більше, ви можете написати мені безпосередньо. Моя електронна адреса додається. Я з нетерпінням чекаю на вашу відповідь.

Ваш друг,
Франсуа

Заінтригований, він перечитав повідомлення кілька разів, розмірковуючи про час його отримання. Цікаво, чи не був він параноїком, думаючи, що цей хлопець з Франції може бути в змові з "Фуріями". Навіть якщо він був надмірно обережним, він мав на це право, і як лідер своєї команди, він повинен був переконатися, що подібні запити є законними. Йому знадобиться допомога дядька Сема, щоб перевірити це, але поки що він кинув кілька запитів і подивиться, що з них вийде.

Він написав коротке повідомлення, не перекладаючи його. Хлопець міг би скористатися пошуковою системою, як і він сам, знайти перекладача і, перечитавши його кілька разів, натиснути кнопку "Відправити".

Дорогий Франсуа,

дякуємо за ваше повідомлення. Звідки Ви про нас дізналися? З повагою,

А-Я.

Відповідь від Франсуа прийшла так швидко, що викликала у E-Z ще більшу підозру. Цього разу лист був англійською мовою:

"Шановний E-Зі,

дякую за вашу швидку відповідь.

Мій вчитель бачив ваш сайт, і ми дізналися про вас і вашу команду в рамках нашого уроку про сучасні події.

Сподіваємося почути від вас незабаром.

Ваш друг,

Франсуа.

Це, безумовно, звучало правдоподібно. Він набрав ще одне повідомлення, запитуючи

Франсуа, які супергеройські здібності він може запропонувати своїй команді, щоб він міг обговорити це з ними. За мить Франсуа надіслав йому наступне повідомлення:

Шановний E-Z,

Дякую, що надав мені можливість розповісти тобі про мої супергеройські здібності.

По-перше, як і ти, я не завжди був супергероєм. Це те, що нас об'єднує. Саме тому я подумав, що добре підійду вашій команді.

Замість того, щоб розповідати, я хотів би показати вам. До листа додається приватне запрошення переглянути наш канал на YouTube - мені допоміг мій тато. Посилання доступне лише вам, і запрошення до перегляду закінчується через 24 години.

Я з нетерпінням чекаю на ваш відгук після перегляду.

Твій друг,

Франсуа.

З цікавістю і без вагань E-Зі натиснув на посилання. З'явилося повідомлення з проханням відповісти на питання, на яке він без проблем відповів, оскільки воно стосувалося бейсболу.

Зайшовши на сайт, він натиснув на кліп, збільшив гучність, і він одразу ж почався.

Першим, кого він побачив, був хлопчик, який представився семирічним Франсуа Дюбуа через текст, перекладений ним внизу екрану.

Дитина була високою, дуже високою. Насправді, він стояв біля кількох вимірювальних паличок. Його батько збільшив масштаб, щоб показати, що у свої сім років Франсуа вже мав зріст 163 сантиметри (5 футів 4 дюйми). Окрім зросту, Франсуа виглядав як будь-який інший семирічний хлопчик: рудувато-каштанове волосся, товсті окуляри з темною оправою на носі, картата сорочка, сині джинси і чорні кросівки.

"Bonjour E-Z!" сказав Франсуа, усміхнувшись, при цьому виявилося, що у нього відсутні два передні зуби.

І-З посміхнувся у відповідь, а потім спостерігав, як Франсуа і його батько обговорювали якусь справу французькою мовою без перекладу. Судячи з їхніх жестів і виразу обличчя, їхня розмова була гарячою. Він сподівався, що Франсуа не збирається робити щось небезпечне.

Е-З спостерігав, як Франсуа продовжував йти до найвідомішої пам'ятки Парижа, Франції - Ейфелевої вежі. Вивіска ззовні повідомляла, що вхід на вежу коштує 5 євро для осіб віком від 12 до 24 років. Франсуа заплющив очі, потім знову розплющив їх. Зачекай хвилинку. Щось змінилося, можливо, це було освітлення.

Він продовжував спостерігати, як Франсуа розташувався поруч з іншим знаком, на якому було написано

Паризька всесвітня виставка, 15 травня 1889 року.

"ОГО!" вигукнув Е-Зі, намагаючись зрозуміти, що він щойно побачив. Подорож у часі?

Франсуа заплющив очі і знову опинився поруч з оригінальною вивіскою "12-24 роки 5 євро".

Зображення на камері стало нечітким. Внизу екрану з'явився напис: "Хвилинку, будь ласка".

Після клацання камера знову почала крутитися, але цього разу Франсуа стояв біля Собору Паризької Богоматері. Після великої пожежі 2019 року його відбудовували, і риштування та крани жваво працювали.

Як і раніше, Франсуа заплющив очі, а потім знову їх розплющив.

"Не може бути!" вигукнув Е-Зі.

Франсуа був у 1163 році, в той самий день, коли був закладений перший камінь великого Собору Паризької Богоматері.

І-З зробив паузу. Чи може це бути підробкою? Звичайно, може. З сьогоднішніми технологіями будь-хто може підробити будь-що. І все ж щось у його нутрі підказувало йому, що це справжнє. Йому потрібна була друга думка. Йому потрібен був дядько Сем.

Дивлячись на призупиненого Франсуа на екрані, І-З натиснув кнопку "Пуск". Франсуа помахав рукою, коли кліп закінчився.

І-З клацнув і повернувся до своєї поштової скриньки. Він натиснув "Відповісти" і написав Франсуа наступного листа:

Дорогий Франсуа,

Дякую, що дозволив мені побачити твою суперсилу. Мені потрібно поговорити з командою. Якщо ми вирішимо прийняти тебе, як скоро ти зможеш до нас приєднатися?

Твій друг,

І-З.

Він зачекав секунду і перечитав своє повідомлення, перш ніж натиснути "відправити". Він подумав, чи не замінити "ЯКЩО" на "КОЛИ". Так і не вирішивши, він подумав, що Франсуа володіє суперздатністю подорожувати в часі. Хлопець був би чудовим доповненням до команди.

Але йому потрібно було отримати ще одну думку. Перш ніж думати про це далі. Він написав Сему: "Є хвилинка?"

У його поштовій скриньці з'явився новий лист зі словами

HI E-Z,

Якщо ти приймеш мене в команду, чи зможеш ти приїхати і забрати мене?

Твій друг,

Франсуа.

Це змусило його замислитися.

Він відповів:

Я повернуся до тебе якнайшвидше.

Твій друг,

І-З.

Сем зайшов на кухню: "Як справи, малий?"

"Вибач, що відірвав тебе від фільму."

"Я все одно вже задрімав, тож радий, що відволікся."

"Я отримав електронного листа через наш сайт від хлопця з Франції, який попросив приєднатися до нашої команди. Вони з татом зняли кліп, я його вже подивився. Він має вражаючі навички. Подивись і скажи мені, що ти думаєш".

Сем весь час мовчав. Коли кліп закінчився, він попросив показати його ще раз.

Коли фільм закінчився вдруге, І-Зі запитав: "Що ти думаєш?"

"Я думаю, що те, що ми бачимо, вражає. Хлопчик з Франції, який мандрує в часі".

"Нам би не завадила така суперсила в нашій команді".

"Саме так", - сказав Сем. "І саме тому мене це насторожує. Ти листувався з ним?"

І-Зі прокрутив у пам'яті все, що було сказано до цього часу.

"Звідки він знає, що ти не мав надздібностей усе своє життя?" - запитав він.

"Так, я теж так подумав. Але я думаю, що це розумне припущення. Він розумний хлопець".

"Це правда", - сказав Сем. "Не заперечуєш, якщо я пошукаю і подивлюся, що я зможу знайти?"

І-Зі кивнув, і Сем взяв під контроль свій ноутбук. Він перевірив IP-адресу, яка здавалася легальною. Він без проблем відстежив її місцезнаходження в Парижі.

Він знайшов ім'я Франсуа, з'ясував, яку школу він відвідував. Дізнався, що він грав у баскетбол. З'ясував, що він добре знається на правописі. Здавалося, він не потрапляв у неприємності.

Потім Сем знайшов повідомлення про смерть матері Франсуа, яка померла, коли йому було п'ять років. Причина смерті не була вказана, але було прохання зробити пожертвування до Паризького фонду боротьби з раком грудей.

"Здавалося, що все було законно, - сказав Сем.

"Але як ми можемо бути впевнені? Я не хочу брати на себе зайвий ризик".

"Єдиний спосіб дізнатися напевно, це особисто поспілкуватися з дитиною". Він завагався: "Гм, він запитав, коли ви можете прийти і забрати його. Тепер, коли я думаю про це, це досить дивна думка для дитини, яка подорожує в часі".

"Так, я не думав про це з такої точки зору."

"Одне можна сказати напевно, І-Зі, якщо хтось і збирається його врятувати, то це буду я. Ти потрібен тут."

"Я ціную твою пропозицію, дядьку Семе, але твоє життя в небезпеці - це не варіант".

"Гаразд", - сказав Сем. "Ти чув що-небудь від Альфреда?"

Як по команді, Альфред пошкутильгав на кухню. "ЩО?" - запитав він.

ЗАП

З'явилося маленьке біле пухнасте кошеня.

"Бонжур І-Зі, мене звуть Попет. Франсуа мене послав."

"О, Боже", - це все, що сказав І-Зі.

Одразу ж прийшов лист від Франсуа, в якому йшлося

"Вона благополучно туди дісталася?"

Дядько Сем сказав: "Що ж, це відповідь на наше запитання".

І-Зі набрав: "Так, вона тут".

ЗАП

Лялька зникла.

"Це так круто", - надрукував Франсуа. "Коли ви будете готові, якщо хочете, щоб я був у вашій команді, я теж спробую".

"Тримайся поки що міцно", - сказав І-Зі.

"Звідки Поппет дізнався, де ми живемо?" запитав Сем.

"Цього я не знаю".

РОЗДІЛ 21
А ЯК ЩОДО ФРАНСУА?

Наступного дня І-Зі скликав екстрені збори групи. Коли всі розсілися, він одразу перейшов до справи.

"Потенційний новий член попросив приєднатися до нашої команди. Ми з Семом перевірили його заяву, і все виглядає законно".

"Я підтримую цю думку", - сказав Сем.

І-З кивнув: "Франсуа - мандрівник у часі".

"Ого!" сказала Лія.

"Приголомшливо!" сказав Лачі.

Решта мали схожі коментарі, за винятком Чарльза, який запитав: "А що таке мандрівник у часі?"

"Це ти!" сказала Бренді.

"Це той, хто подорожує з одного часу в інший", - сказала Лія.

"Можливо, просто подивишся цей кліп, і ти краще зрозумієш, ми всі краще зрозуміємо, що він може робити". Він подивився на Альфреда: "Але перш ніж ми поговоримо про Франсуа, я хотів би передати слово Альфреду, щоб він розповів нам про те, що він знайшов у книзі. Слово тобі, Альфреде."

Лебідь-трубач прочистив горло, коли всі погляди звернулися до нього.

"Я переглянув усе, вздовж і впоперек, вздовж і впоперек, і боюся, що це не дуже допомогло. Оскільки "Фурії" отримали конкретний мандат - і вони його дотримуються (навіть якщо порушують правила), я навіть не думаю, що Зевс міг би покарати їх за те, що вони роблять".

"Ти хочеш сказати, що це безнадійно?" запитала Бренді.

"Ні, я не кажу, що це безнадійно, але я просто не бачу виходу. Хіба що вони не знають того, що знаємо ми".

"І що ж?" запитала Бренді.

"План Еріеля. Як він їх використовував. Де Еріел. Чому він не виходить на зв'язок".

"Так, вони, мабуть, дивуються, чому він не спілкується з ними", - сказав Лачі.

"І це може викликати недовіру", - додав Бренді.

"А що, якщо, - сказав Сем, - цю інформацію їм злили?" "Я подумала про те ж саме, - сказала Саманта. "Можливо, без нього вони б піджали хвіст і втекли".

"Хоча все може бути навпаки. Якби він не тримав їх на повідку, вони могли б. Хтозна, що б вони робили!" сказав І-Зі.

"Вони вже зібрали багато душ", - сказала Лія. "Я думаю, що Ю-Зі має рацію. Знання того, що його більше немає, може зробити їх сміливішими".

Альфред помітив, що розмова впирається в стіну: "Тож, давай поговоримо про надздібності Франсуа. Він мандрівник у часі. Як він може нам допомогти?"

"І ще одне, - почав Ю-Зі, - і саме дядько Сем помітив це, тож, можливо, він буде найкращою людиною, щоб пояснити це".

"Ні, ти продовжуй", - сказав Сем.

"Франсуа прислав сюди кошеня".

"Кошеня?" перепитав Собо.

"Так. Її звали Поппет, і вона прийшла на кухню. Я одразу ж отримав повідомлення від Франсуа, який запитав, чи вона благополучно дісталася. Вона привіталася - так, вона могла говорити. Після підтвердження того, що вона благополучно дісталася, вона знову вискочила назовні. Пізніше Сем поставив запитання: "Звідки вона знала, де ми живемо?".

"Зачекай хвилинку, - сказав Чарльз. "Хіба хтось не казав мені, що ваша адреса була опублікована в Інтернеті?"

"Я теж це чула", - сказала Бренді.

Сем сказав: "Ого, здається, що це було дуже давно, але це правда".

Вони зібралися навколо Сема і побачили, що їхній будинок онлайн, підключений до веб-сайту, який може побачити кожен у світі.

"Ну, тут немає жодних сумнівів. Якщо вони знають, хто ми, то вони також знають, де ми", - сказав Сем. "Хіба що..."

"Якщо що?" перепитав І-Зі.

"Якщо тільки вони не настільки підковані в техніці, як ми думаємо".

Собо сказав: "Ніколи не варто недооцінювати ворога. Саме так негідні лиходії стають героями".

"Гаразд, спочатку подивимося, як Франсуа подорожує в часі, а потім поміркуємо, як він може допомогти нам перемогти "Фурій"," - сказав І-Зі.

Вони дивилися кліп мовчки. Коли він закінчився, І-З сказав: "Я надрукую список. Хто хоче почати?"

"Ні", - відповів Сем. "Я думаю, що ми повинні записати його старомодним способом. Ну, знаєш, ручкою і папером". Він потягнувся до кухонної шухляди і дістав блокнот, який вони використовували для списків продуктів, і ручку. "Ти продовжуй мозковий штурм, а я буду секретарем. І тобі навіть не доведеться платити мені зарплату".

Кілька смішків і хихикань, а потім ідеї потекли рікою:

#1. Франсуа може повернутися в минуле, дізнатися, що сталося з Пі-Джеєм і Арденом, і зупинити це.

#2. Франсуа може повернутися в минуле і зупинити вбивство всіх дітей.

#3. Франсуа може повернутися в минуле і врятувати батьків Ю-Зі від загибелі, запобігти нещасному випадку.

#4. Те саме щодо нещасного випадку з Лією.

#5. Те ж саме: нещасний випадок з родиною Альфреда.

#6. Те ж саме: Лахлан замкнений у клітці.

Інтермедія.

Харуто був щасливий у своїй новій сім'ї. Кінець історії.

Бренді була не проти того, що вона може померти і повернутися до життя, хоча вона запитала, чи можна повернутися до дня прослуховування. Це прохання було одноголосно відхилено.

Чарльз також ні про що не шкодував.

Мозковий штурм відновився:

#7. Франсуа міг би повернутися в часи, що передували створенню "Фурій", щоб переконатися, що вони отримали "Ахіллесову п'яту".

#8. Франсуа може повернутися в минуле, в перший день зустрічі Еріеля з "Фуріями". Він міг бути шпигуном. Або ж він може зробити так, щоб вони взагалі ніколи не зустрілися?

#9. Якщо Поппет міг з'являтися і зникати, чи міг би Франсуа робити те ж саме?

Альфред сказав: "Хвилинку. Це повне божевілля, але що, якби Франсуа повернувся назад і скасував "Фурії", щоб їх не існувало?".

"Ого, це чудова ідея!" сказав І-Зі. "Але у всіх історіях про подорожі в часі, які я читав, гра з життям і зміна подій завжди не схвалюється".

"Так, я пам'ятаю це з "Назад у майбутнє". Але з особистого досвіду, - пояснив Бренді, - коли я помираю і повертаюся знову, це виглядає так, ніби подій, що призвели до моєї смерті, ніколи не відбувалося. Це схоже на сон, якщо ви розумієте, про що я?"

"Сем потягнувся і позіхнув. "Діти скоро прокинуться. Я не хочу переступати межі лідерства E-Z, але, гадаю, нам треба трохи подумати, перш ніж робити якісь дії".

"Згоден. Дякую всім за чудовий мозковий штурм", - сказав E-Z.

І зустріч було оголошено закритою.

РОЗДІЛ 22
ТЕПЛЕ МОЛОКО

Лія та інші провели день, займаючись своїми справами. Увечері, виснажена, вона крутилася, але не могла заснути. Знесилена після кількох годин без сну і постійних хвилювань, вона спустилася вниз, щоб випити трохи теплого молока.

Вона поставила горнятко в мікрохвильову піч, виставила 40 секунд і натиснула старт. Поки годинник відраховував час, вона спостерігала за цифрами 39, 38, 37, 36 і т.д., поки не з'явилася цифра 33. Це була остання цифра, яку вона побачила.

"Привіт, маленька Дорріт", - сказала вона, шкодуючи, що не вдягла халат. "Куди ми йдемо?"

"У нас місія", - відповів єдиноріг. "Куди ми йдемо?"

"Ти не знаєш до кого?"

"Ні. Я займався своїми справами, коли ти покликала мене, Ліє, хіба ти не пам'ятаєш?"

"Я не кликала тебе", - сказала Лія. "Я ще не спала. Це дивно."

Єдиноріг застиг у повітрі.

Маленька Дорріт злетіла на повній швидкості.

"Аргх!" Лія заплакала, тримаючись за життя. "Що відбувається? Чому ти летиш так швидко?"

"Я не знаю", - відповів єдиноріг. "Ніби хтось або щось взяло мене під контроль". Вона спробувала зупинитися, як робила це лише кілька хвилин тому. Тепер, що б вона не робила, вона не могла зупинитися. І не могла сповільнитися.

"Тримайся міцніше!" крикнула маленька Дорріт, коли її тіло почало котитися вперед сторч головою. "О ні!"

закричала Лія, але трималася за життя. Врешті-решт вони перестали котитися, але замість того, щоб сповільнитися, вони прискорилися ще більше.

Вони летіли і летіли, поки ніч не перетворилася на день. Коли сонце піднімалося на небо, відстань між ним і ними зменшувалася.

"Я відчуваю, що моя шкіра горить!" вигукнула Лія.

"І моя шерсть теж", - сказала маленька Дорріт. "Дозвольте мені спробувати розвернути нас знову". Вона спробувала, і вони, як і раніше, покотилися сторч головою, закриваючи собою проміжок між собою і гарячим сонцем.

"Ми повинні повернутися назад!" закричала Лія. "Якщо ми цього не зробимо, нам кінець".

"Але я не можу зупинитися. Я нічого не можу зробити. Зачекай, я попрошу допомоги у Малюка."

На тлі палаючого сонця з'явилися три крилаті істоти. Вони трималися за руки, а їхні чорні шати кружляли і скручувалися навколо їхніх тіл.

ХЛОП!

ХЛОП!

ХЛОП!

Звук, що наповнив повітря, був схожий на звук батога, коли Лію і маленьку Дорріт потягли до нього, наче на тракторну балку. Загримів грім, хоча не було видно жодної грози, а сонячні пазурі тягнулися до них, погрожуючи зруйнувати саме їхнє існування.

"Нам кінець!" сказала Лія. "Дякую, що намагався нас врятувати". Вона обійняла єдинорога. "Шкода, що у тебе немає віжок. Тоді, можливо, я змогла б розвернути тебе."

ZAP!

З'явилися віжки.

Лія обхопила їх руками, але перш ніж вона змогла взяти їх під контроль, вони розтанули в нікуди.

"Ти маєш рацію, думаю, нам кінець", - сказала маленька Дорріт. З її очей потекли скляні краплі сліз.

БОНЖУР

З'явився Франсуа: "Чи можу я вам допомогти?"

"Звичайно, можеш", - вигукнула Лія. "Забери нас звідси!"

"Заплющте очі і тримайтеся міцніше", - сказав Франсуа.

Лія і маленька Дорріт затремтіли від страху.

ДЗИНЬ. ДЗЕНЬ! ДЗИНЬ.

Мікрохвильовка. На кухні.

Лія впала на підлогу.

Маленька Дорріт благополучно приземлилася в прохолодний струмок, де поплескалася, а потім попрямувала додому.

"Де ти була?" запитала малятко.

"Гадаю, ти не отримала мого повідомлення. Нічого страшного. Я дуже втомилася", - сказала маленька Дорріт. "Я розповім тобі про це вранці".

РОЗДІЛ 23
ДНЕМ ПІЗНІШЕ

Була черга Собо готувати сніданок, саме вона знайшла Лію на підлозі, згорнуту, як викинутий клубок вовни.

Собо закричала: "Швидше! Наша Лія потребує допомоги!"

Першою прибігла Саманта. Вона одразу ж приклала губи до чола Лії, щоб виміряти температуру, а потім крикнула чоловікові, щоб той приніс термометр і перевірив ще раз.

"У неї температура 107,7", - підтвердив Сем. "Нам потрібно відвезти її в лікарню".

Саманта набрала 911, а Сем взяв Лію на руки, поніс і поклав її на диван, і вони стали чекати на швидку допомогу.

"Я буду тримати оборону", - сказав Сем, коли його дружина і Собо пішли за парамедиками, які несли непритомну Лію на ношах.

Коли машина швидкої допомоги від'їхала від бордюру з виттям сирени, Лія розплющила очі і спробувала сісти.

"Я почуваюся добре", - сказала вона.

Парамедик знову поміряв їй температуру, і вона була в нормі. Він знизав плечима.

Коли вони приїхали до лікарні, Лія знову стала такою, як раніше, і хотіла повернутися додому - негайно.

"Хоча її життєві показники зараз в нормі, але оскільки ви нам зателефонували, ми повинні довести справу до кінця. Лію госпіталізують, і як тільки черговий лікар дасть добро, її відпустять додому".

"Ну, принаймні, дозвольте мені зайти", - сказала відвідувачка, коли водій відчинив дверцята.

"Ні, маленька леді, залишайтеся на місці", - сказав він, коли вони готувалися занести ноші з пацієнткою всередину, а Саманта і Собо пішли слідом за ними.

Саманта написала Сему повідомлення з новинами. Він відповів емодзі з піднятим вгору великим пальцем, коли вона практично наштовхнулася на батьків Пі-Джея та Ардена, які саме виходили з палати.

"Вони прокинулися! Наші хлопчики прокинулися!"

"Обидва?" вигукнула Саманта, передаючи цю останню інформацію Сему, який розбудив племінника, щоб повідомити йому добру новину.

"Зараз буду!" сказав І-Зі, викликавши таксі.

РОЗДІЛ 24
ЛІКАРНЯ

Ю-Зі їхав до двох своїх найкращих друзів. У таксі він знову і знову повторював у голові добру новину. Стільки всього сталося. Так багато вони пропустили. Стільки всього він мав їм розповісти. Хотів сказати їм.

"Ви знаєте, яка палата?" - запитала медсестра.

Він сказав, що ні, і вона швидко знайшла її для нього. Подякувавши їй, він сів у ліфт і попрямував до їхньої палати, думаючи, чи не купити їм щось. Квіти? Цукерки. Він вирішив запитати, чи не потрібно їм чогось.

Підійшовши до їхніх дверей, він почув їхні голоси і на кілька секунд принишк, перш ніж дати знати про свою присутність. Потім він глибоко вдихнув, намагаючись стримати емоції, що переповнювали його - він не хотів розгубитися і осоромитися...

"Заходь, м'якотілий!" сказав PJ.

"А-а-а, він скучив за нами!" сказав Арден.

"Хіба ви, хлопці, не повинні бути гарнішими після такого сну? До речі, вам обом треба поголитися!"

"Ми не хочемо затьмарювати наше з тобою життя відчуттям моїх вусів", - сказав Арден.

"Ми знаємо, що ти любиш увагу! Я бачу, що твою щіточку для пляшок теж не завадило б підрівняти!"

Мама Пі-Джея, яка щойно повернулася до кімнати, прошепотіла Е-Зі, що вони не хочуть, щоб хлопці перестаралися, адже вони не сплять лише кілька годин.

Поговоривши ще трохи, Е-Зі обійняв обох друзів і сказав, що йому треба йти. "Я повернуся, - пообіцяв він, - і потайки з'їм гамбургер чи два - я чув, що лікарняна їжа дуже, дуже погана".

"Ти не повернешся!" сказала мати Ардена, повертаючись до палати.

Він відкинув спинку стільця, і мати Ардена повернулася до нього обличчям, а двоє його друзів склали руки, благаючи його принести їм їжу.

Йдучи коридором, він не міг повірити, як сильно скучив за ними - і як добре вони виглядали.

Він спустився ліфтом до відділення невідкладної допомоги, де знайшов Саманту і Собо.

"Є новини?" запитав І-Зі.

"Вона була дуже розлючена, що вони змусили її залишитися, щоб перевірити її", - сказала Саманта. "Але мені стане легше, коли все буде гаразд і ми зможемо забратися звідси.

"Мені теж", - сказав І-Зі. "Дозвольте мені піти і подивитися". Він попрямував коридором. Прислухаючись до голосів у завішених приміщеннях, які, як він вважав, були пунктами попереднього прийому. Нарешті він почув голос Лії і зайшов всередину.

"Будь ласка, зачекайте на вулиці", - сказала медсестра.

"Але вона моя сестра".

"Я хочу додому - негайно!" - зажадала вона, а потім схрестила руки на грудях.

"Вас випишуть, як тільки лікар скаже, що вас можна виписувати. І ні хвилиною раніше".

"Як у тебе справи? Мама хвилюється за тебе."

"Я залишу вас наодинці, щоб ви поспілкувалися", - сказала медсестра. "Лікар скоро прийде. О, і переконайтеся, що вона залишається спокійною".

"Дякую", - відповів І-Зі.

Коли вона пішла, вони обнялися.

"Ми з маленькою Дорріт мало не згоріли на сонці!" - сказала вона. Вона розповіла І-З все, як це сталося, від початку до кінця.

"Цікаво, що саме Франсуа врятував тебе".

"Я не знаю, як він дізнався. Ми з маленькою Дорріт думали, що нам кінець. Це точно були "Фурії". Вони хотіли нас спалити! Нас хотіли спалити. Вони жахливі, злі відьми!"

"А змії там були?" запитав І-Зі.

"Змії і батоги."

"Звучить як "Фурії"." І-Зі завагався. Він змінив тему. "Ти чула про P.J. and Arden?"

Вона похитала головою.

"Вони прокинулися!"

"Не може бути! Це дивний збіг, тобі не здається? Вони намагаються прибрати маленьку Дорріт і мене, а в цей час двоє наших коматозних друзів прокидаються".

"Ти маєш рацію, думаю, це все пов'язано".

Саманта відсунула штору: "Що пов'язано?" Вона обняла доньку. "Як ти себе почуваєш, крихітко?"

"Я не дитина", - відповіла Лія. "Але мені вже краще і я хочу додому. Після того, як побачуся з Пі-Джеєм і Арденом".

Увійшла Собо. Вона обійняла Лію.

"Що з тобою сталося?" - запитала вона.

Лія знову все пояснила. Її мати сприйняла це не так добре, як Собо. Е-Зі підбіг і налив Сему склянку води. Тоді як у Собо було багато запитань. "Ти гріла молоко в мікрохвильовці?"

Лія кивнула.

"І саме тоді тебе винесло з кухні?"

"Так, і прямо на спину маленької Дорріт. Маленька Дорріт сказала, що я покликала її, але я цього не робила."

"І що сталося потім?" запитав Собо.

"Ну, Крихітка Дорріт летіла, ми розмовляли, і коли ніхто з нас не знав, куди ми летимо і навіщо, ми подумали про те, щоб повернутися назад. Наступне, що ми зрозуміли, - нас з Крихіткою Дорріт примушували летіти все ближче і ближче до сонця, і ми не могли розвернутися".

"Але ти і маленька Дорріт не відповідаєте критеріям "Фурій". Вони не повинні торкатися вас обох!" вигукнув І-Зі.

Саманта сказала: "Може, це просто збіг".

Собо повторила свою попередню пораду: "Ніколи не варто недооцінювати ворога".

Коли Лію відпустили додому, вони з Ю-Зі здивували Пі-Джея та Ардена чізбургерами та картоплею фрі, які вони пронесли контрабандою.

Дорогою додому в таксі, разом із Самантою, Собо та Лією, І-Зі думав лише про одне. "Фурії" напали на Лію та маленьку Дорріт, і вони зазнали поразки. Мало того, що вони зазнали поразки - дякуючи Франсуа - але якимось чином, всесвіт повернув Пі-Джея та Арден.

Збіг? Він думав, що ні. Натомість він хотів вірити, що сили "Фурій" зменшуються, якщо вони виходять за межі свого мандату.

Так чи інакше, він і його команда мали бути готовими будь-якої миті скористатися ситуацією.

Це міг бути їхній єдиний шанс.

Єдина перевага на їхню користь.

РОЗДІЛ 25
SOBO

"**Я** маю поставити ще одне запитання", - звернувся Сем до І-Зі перед тим, як усі зібралися на нараду.

"Гаразд, запитуй", - відповів І-Зі.

"Мені цікаво, чому Розалі не знала про Франсуа.

"Я", - це все, що зміг сказати І-Зі, перш ніж на кухню зайшли Бренді та Лія.

"Не звертайте на нас уваги", - сказала Бренді, відкриваючи холодильник, дістаючи апельсиновий сік і допиваючи його, перш ніж викинути контейнер у відро для сміття.

"Е-е, тобі варто було б спочатку його сполоснути", - сказав І-Зі, що Бренді і зробила. Потім вона опустилася на стілець і витерла рот тильною стороною долоні.

"Вибачте, я не хотіла бути грубою, знаєте, різко зупинитися, як я це зробила. Я хотів, щоб ми всі були тут, щоб обговорити проблеми дядька Сема".

"Справедливо", - сказала Лія, сідаючи поруч з Бренді.

Один за одним прибули інші і зайняли свої місця за столом.

І-З почав з того, що розповів усім про чудесне одужання Пі-Джея та Ардена, що викликало бурхливі оплески всіх присутніх, навіть тих, хто ще не був з ними знайомий.

"Далі на порядку денному, і я думаю, що ці два пункти можуть бути пов'язані між собою, Лія і маленька Дорріт були обманом викрадені з дому, і їхні життя опинилися в небезпеці. Якби не Франсуа, "Фурії", яких ми вважаємо відповідальними за це, могли б досягти успіху".

"Браво Франсуа!" сказав Чарльз.

"Як тебе обдурили?" запитала Бренді.

"Де це сталося?" запитала Лачі.

"Ліє, хочеш розповісти?" запитав І-Зі. Вона похитала головою, ні. "Перепитуй, якщо я щось упустив", - сказав він. Він продовжив і пояснив, що сталося і чому вони думали, що за це відповідальні "Фурії".

"З того часу я думав про "Фурії" та їхній мандат. Як ми знаємо, вони повинні його виконувати. Коли вони намагалися вбити Лію і маленьку Дорріт, вони порушили правила. Яку причину вони могли навести, щоб спробувати вбити Лію чи маленьку Дорріт? Вони не тільки пішли проти свого мандату, але й зазнали поразки. Тепер подумайте про те, що сталося в той самий час - я маю на увазі, звісно, Пі-Джея та Ардена - вони вийшли з коми. Збіг? Я думаю, що ні.

"І чим більше я пов'язую їх в своїй уяві, тим більше я задаюся питанням, чи не слабшають The Furies. Якщо я маю рацію, то зараз, можливо, саме час нам їх знищити".

"Це можливо, - сказав Альфред, - але я пам'ятаю, як у шкільні роки читав про Ейнштейна, і це може довести протилежне. Я маю на увазі, що це могли бути зовсім не "Фурії". Це могло бути порушення просторово-часового континууму. Оскільки Франсуа зміг врятувати їх, і ніхто з нас не знав, що це сталося, це здається можливістю, яку варто дослідити, чи не так?"

Сем замислився. "Враховуючи все, що ми знаємо про "Фурії", і те, що я пам'ятаю з моїх досліджень про Ейнштейна - щоб мати шанс викривити просторово-часовий континуум, Лія і маленька Дорріт повинні були б подорожувати швидше за світло - 186 282 миль на секунду. Якби ви рухалися з такою швидкістю, ви б рухалися в часі назад, а не вперед".

"Ми летіли швидко, але не настільки", - сказала Лія.

"Розкажи нам ще раз, що сталося, Ліє. Кадр за кадром. Аж до того моменту, коли з'явився Франсуа", - сказав Альфред.

Історія Лії почалася на кухні і закінчилася тим, що вона опинилася в лікарні.

Піднявши руки, всі проголосували за те, що це справа рук "Фурій", але ніхто не зміг пояснити, звідки Франсуа знав, або як його викликали.

"Це ви його викликали?" запитав І-Зі. "Я маю на увазі, як він дізнався? Це те, що я маю намір запитати у нього".

"Що повертає мене до того, з чого ми сьогодні почали", - сказав Сем. "І моє питання в тому, чому Розалі не знала про Франсуа".

"А як поживає маленька Дорріт?" поцікавився Собо.

"Не знаю, як Франсуа, але єдиноріг спав, коли я вранці вийшов по траву.

"А, це добре", - сказала Лія.

"Може, у лікарів є пояснення, чому Пі-Джей і Арден прокинулися саме тоді, коли вони прокинулися? запитав Сем.

"Це правда, можливо, але я не бачу, яке це має значення для нас. Та й неважливо. Головне, що вони прокинулися, і ми досі не знаємо, чи відповідальні за це "Фурії". Однак у нас є докази того, що вони робили з іншими дітьми, і так чи інакше ми повинні змусити їх заплатити за це. І ми повинні змусити їх зупинитися".

"Можливо, у лікарів є пояснення, чому Пі-Джей і Арден прокинулися саме тоді, коли прокинулися?" - запитав Сем. запитав Сем.

"Це правда, можливо, але я не бачу, яке це має значення для нас. Та й неважливо. Головне, що вони прокинулися, і ми досі не знаємо, чи відповідальні за це "Фурії". Однак у нас є докази того, що вони робили з іншими дітьми, і так чи інакше ми повинні змусити їх заплатити за це. І ми повинні змусити їх зупинитися".

"Сюди! На!" сказав Чарльз, грюкнувши рукою по столу.

"Ми можемо ще трохи поговорити про Франсуа?" - запитала Бренді.

"А якщо він не захоче нам нічого розповідати, - запитав Чарльз, - якщо ми не приймемо його як члена команди?"

"Чарльз має рацію, - сказав І-Зі. "Я готовий використати це як тест для Франсуа. Якщо він не розповість нам, що знає, то, можливо, йому не судилося бути одним з нас".

"А якщо він дуже хороший брехун?" запитала Бренді. "А деякі люди - чудові брехуни".

Лія сказала: "Чому б нам не подзвонити йому по Zoom? Ми всі зможемо поспілкуватися з ним, дізнатися, про що він говорить, а потім проголосувати? Я вже готова проголосувати "за".

"Ні", - сказав І-Зі. "Я не хочу, щоб він знав про Чарльза, Харуто, Лачі чи Бренді. Все, що він зараз знає, це те, що він може знайти в Інтернеті".

"І все ж, - втрутився Сем, - Поппет зміг заскочити до нас додому".

"Так, і це теж", - погодився І-Зі.

"До того ж, він врятував нас з маленькою Дорріт - отже, він знає про неї".

"Мені здається, що ми ходимо по колу, - сказав Альфред. "Тим часом все більше дітей помирає і потрапляє в Ловці Душ, які належать іншим померлим, - сказав Альфред. "Я так сподівався, що ми просунемося далі, коли я розшифрую інформацію в книзі.

"Зачекайте хвилинку, - сказав І-Зі. "Хто-небудь бачив сьогодні Хадза і Рейкі?"

Ніхто не бачив.

Телефон Е-Зі задзижчав. Прийшло довге текстове повідомлення від Пі-Джея та Ардена:

"Не питайте нас як, але ми знаємо, що "Фурії" йдуть до вас. І так, у нас є план. Ми хочемо знати, щойно ти їх побачиш. Надішли нам повідомлення - і Харуто".

E-Z відповів. "Що?"

"Довірся нам", - написав PJ.

Обидва обмінялися смайликами з піднятими вгору великими пальцями, а потім він пояснив ситуацію Харуто та іншим.

Знаючи, що "Фурії" готові розпочати бій зараз, на території їхнього ворога і без їхнього лідера Еріеля, Е-Зі відчув тривогу. Але вони втратили елемент несподіванки, завдяки Пі-Джею та Ардену.

Сидіти і чекати, поки вони прибудуть, було не найкращою стратегією.

Але тепер у них була перевага. Все, що їм залишалося, це сидіти і чекати - і сподіватися.

РОЗДІЛ 26
НЕСПОДІВАНІ ГОСТІ

Всі займалися своїми справами, намагаючись зайняти себе чимось в очікуванні. І тут, навіть крізь цегляні стіни, прорвався нестерпний сморід.

"Що це?" Лія заплакала, затуляючи ніс пальцями. "Я все ще відчуваю цей запах!"

Бренді робила те саме правою рукою, а лівою розпилювала по кімнаті освіжувач повітря, який замість того, щоб зменшити силу смороду, здавалося, робив повітря густішим і посилював його.

"Ходімо на вулицю!" сказав Лачі. "Може, там буде краще?" Він відчинив двері, хоча логіка підказувала йому, що якщо всередині погано пахне, то зовні має бути ще гірше. Спочатку його органи чуття були обмануті, і він нічого не відчував. Чи звикав він до цього? Чи "Фурії" бомбардували смородом будинок зсередини?

Потім він помітив Маленьку Дорріт і Малюка, що кружляли вгорі. "Тут нагорі не краще!" сказав Малюк.

"Як би ми не йшли!" додала маленька Дорріт.

І тут його знову вдарив сморід, наче ляпас по обличчю, і на мить він втратив рівновагу. Він помітив мотузку для білизни та кілочки і побіг до них. Він затиснув один з них у носі, і вуаля, він нічого не відчував. Він махнув рукою Маленькій Дорріт і Малятку, щоб вони спускалися, і коли вони спустилися, він прикріпив необхідні прищіпки (їхні носи потребували кількох), поки вони теж не перестали відчувати смердючий запах.

"Дякую, - сказали маленькі Дорріт і Малятко, піднімаючись з землі. "Ми будемо на сторожі".

Лачі підняв догори великий палець, а потім помітив, що на стежці, яка вела до паркану, в саду зчинився якийсь галас. Група істот утворила коло, наче вони збиралися на збори. Він попрямував до них, коли сова злетіла з гілки і сіла йому на плече.

"Привіт, - сказав він, дивлячись в очі сови. "Ми зустрічалися раніше?" Сова кивнула, і тоді він зрозумів, хто це був. Це був Собо. "Коли ти сказав, що твоя суперсила - це трансформація, я не думав про тебе так!"

"Харуто не знає", - сказала вона. "Принаймні, я не думаю, що він пам'ятає мене - поки що". Вона полетіла назад до групи істот: "Приєднуйтесь до нас", - сказала вона.

Лачі пішла серед них, по черзі знайомлячись з оленем на ім'я Гобой, єнотом на ім'я Чарлі, лисицею на ім'я Луїза, птахом (Блакитною Сойкою) на ім'я Ленні та другим птахом (Кардиналом) на ім'я Персі.

"Ми прийшли, щоб допомогти, - сказав олень Гобой, - але ми дуже боїмося Фурій".

"Дозвольте мені на них напасти!" вигукнув єнот Чарлі. "Я виколупаю їм очі."

"А я перегризу їм горлянки!" Лисичка Вошка заплакала.

"Стоп! Зачекайте хвилинку!" сказав Лачі. "Це не твоя битва. Хоча я ціную твою допомогу, чому б тобі не дати нам спробувати спочатку? Якщо нам знадобиться твоя допомога, я свисну, і ти зможеш зайти?"

"Він має рацію, - сказав Собо. "Хоча, він не має на увазі мене". Вона подивилася на Лачі, щоб переконатися, що її припущення були правильними, і відповіла кивком. "Я повинна захистити свого онука та інших".

Ленні і Персі, дві інші пташки, защебетали між собою.

Собо, який був спокійний, тепер почав безладно махати крилами, повторюючи: "Погані речі наближаються! Жахливі речі наближаються! Жахливі речі наближаються!"

"Тихіше, Собо", - сказав Лачі, намагаючись заспокоїти її. "Ми готові, і вони не знають, що ми знаємо, що вони йдуть."

ТУК-ТУК ТУК-ТУК

ТУП-ТУП-ТУП-ТУП-ТУП

ТУП, ТУП, ТУП, ТУП, ТУП.

Це був звук, який видавала земля під їхніми ногами, пульсуючи, як серце, що намагається вирватися з грудей.

Стукіт супроводжувався барабанним боєм.

Потім знову стукіт.

"Фурії наступають!

"Фурії" йдуть!

"Фурії" наближаються!"

А небо над ними вирувало

І оберталося.

І палало.

З блискучої блакиті до кривавого оранжево-червоного.

Сусіди вилізли на вулицю, як і годиться сусідам - подивитися, що це за смердючий запах. Деякі галасливі паркувальники знепритомніли, коли їхні органи чуття були переповнені, а деякі винесли на ґанок попкорн, щоб поїсти і поспостерігати.

Вони й гадки не мали, яка небезпека на них чекає.

Та все ж були підказки.

Стукіт і шепіт.

Стукіт, стукіт, стукіт, стукіт, стукіт.

І все ж багато хто не відступив до безпечного дому.

Натомість вони їли свій попкорн і пили свою газовану воду, весь час чекаючи.

ЗРИВАЮЧИСЬ

Не тікаючи.

Поки сама земля під їхніми ногами була

ТУП-ТУП-ТУП-ТУП-ТУП

ТУП-ТУП-ТУП-ТУП-ТУП

ТУП-ТУП-ТУП-ТУП-ТУП

Потім до тупоту додався барабанний бій.

І знову тупіт.

"Фурії наступають! "Фурії" наступають! "Фурії" наближаються!"

✳✳✳

"Ходімо на вулицю!" вигукнув І-Зі. "І зустрінемось з ними віч-на-віч!" Він широко розчинив вхідні двері, так що вони вдарилися об стіну.

Бренді, Лія, Харуто, Чарльз і Альфред стояли позаду нього, готові діяти за першої ж команди.

Він озирнувся через плече, щоб побачити Сема і Саманту, які виходили, "Не ви, - сказав він. "Ви потрібні дітям всередині. Залиште це нам".

Сем і Саманта відступили.

Тепер четверо солдатів стояли пліч-о-пліч на галявині перед будинком і чекали. Для сторонньої людини вони могли б виглядати як група дітей, які чекають на шкільний автобус у звичайний навчальний день. Але це був не звичайний день. Це був Армагеддон.

Руки Лії тремтіли і тремтіли, коли вона шукала у своїй свідомості, відкривала свій розум, сподіваючись, що розшифровка її надздібностей дозволить їй отримати доступ до свідомості "Фурій". Що вона зможе відправити себе туди і знайти будь-які зачіпки, будь-яку інформацію, щоб допомогти своїй команді - але її розум залишався порожнім.

Альфред сказав: "Я піднімуся на дах. Подивлюся, що я зможу побачити".

І-З кивнула. "Бережи себе. І спробуй знайти Лачі та Собо". Він уже помітив єдинорога і дракона, що летіли високо над ними. Він показав їм великі пальці.

Гучний свист, і Малюк пірнув униз, Лачі стрибнув йому на спину, і вони разом приєдналися до Альфреда на даху. Поруч з ними приземлилася сова.

"Це Собо", - сказав Лачі.

"Бачиш що-небудь?" запитав І-Зі.

Альфред змахнув крилами: "До нас наближається гігантський шельф, розміром з айсберг, але він рухається дуже швидко".

І-Зі спробував уявити це в своїй уяві, але не зміг, бо як, у біса, він і його команда збиралися зупинити таку штуку? Як?

"Воно рухається до нас, як цунамі, - сказав Альфред.

"Але воно не з води", - сказав Лачі. "Схоже, що вона з піску. Піщана хвиля. З трьома жінками, одягненими в чорне".

Піщана хвиля, так, тепер він міг собі це уявити. "ЕТА? Я маю на увазі приблизний час прибуття?" запитав І-Зі.

"Важко сказати", - відповів Альфред. "Хвилини..."

Весь цей час під їхніми ногами земля продовжувала барабанити.

І гуркотіла.

"Фурії наступають! "Фурії" наближаються! "Фурії" наближаються!"

***

"Заходьте всередину!" крикнув Є-Зі допитливим сусідам. "Закрийте двері, замкніть їх. І хтось розмістив повідомлення в соціальних мережах. Скажіть усім залишатися вдома. Скажи їм, щоб не виходили на вулицю, поки я не дам добро! А тепер ідіть!"

ГРЮК.

ГРЮК.

Через його плече дивилися Альфред, сова, Лачі та Малюк, спостерігаючи, як хвиля скоротила відстань між "Фуріями" та його командою, а Маленька Дорріт пильно стежила за ними згори.

Було надто пізно розробляти план. Занадто пізно робити що-небудь, окрім як сподіватися, що вони готові, оскільки вітер шмагав і штовхав їх навколо, а земля стукотіла синхронно з ударами їхніх сердець.

КРИК.

Позаду нього вхідні двері відірвалися і злетіли з петель. Вони відскочили і з брязкотом пронеслися вздовж вулиці, перш ніж нарешті впали на землю.

Сем вийшов. І-Зі розвернув до нього своє крісло, не вірячи власним очам.

Сем зібрав костюм, чи то пак кілька костюмів, створивши власний образ супергероя. На його голові був лицарський шолом з перевернутою маскою. Коли він рухався вперед, маска опускалася, і йому доводилося клацати, щоб повернути її на місце. Він підфарбував очі чорним, як це роблять бейсболісти, щоб усунути відблиски під очима. Груди були випнуті, наче під сорочкою він носив бронежилет, а ззаду за ним тягнувся довгий чорний плащ. На нижній частині тіла були чорні джинси та його улюблені кросівки.

Команда супергероїв намагалася не сміятися, коли він йшов поруч з ними, і помітила, що його супергеройське ім'я - САМ-ЧОЛОВІК - було вишите на тканині через його плечі.

Маленька Дорріт пірнула вниз і закинула Бренді собі на спину. Потім Лачі застрибнув на спину Малюкові і злетів. Він подивився на дах. Маленької

Дорріт там уже не було. Альфред і сова злетіли з даху. Вони приземлилися разом з Е-Зі та іншими.

"Один за всіх!" - сказали вони. "І один за всіх!"

"Але де мій Собо?" запитав Харуто.

Собо сіла йому на плече, і він одразу зрозумів, що це вона. Потім вона перетворилася на свою людську форму.

Команда дітей бачила, як дядько Сем перетворився на чоловіка Сема, а Собо перетворилася з сови на бабусю, але нікого з них це не збентежило.

Бо під їхніми ногами земля продовжувала ГРОХОТІТИ.

І ГРОХОТІЛА.

Але слова змінилися.

"Фурії майже тут.

"Фурії" майже тут.

"Фурії" майже тут."

***

І-Зі та його команда спостерігали, як гігантська піщана хвиля, схожа на океанський лайнер, що заходить у гавань, насувається на місто. Але ця штука прорвалася крізь вулиці, зрівнюючи з землею будинки, дерева і все живе на своєму шляху. І вона не зменшувала швидкості.

У них не було достатньо часу, щоб злетіти, до того ж, вони були приголомшені величезними розмірами цієї штуки. Він зупинився, і Фурії запанували над ними, їхні голоси верещали від сміху, коли вони вперше кинули погляд на своїх ворогів.

"Вони взагалі існують?" запитала Тісі. "Вони схожі на мініатюрних ляльок, які чекають, щоб на них наступили".

"Я бачу, що у них є дракон і єдиноріг. І лебідь. О, Боже!" закричала Алі.

"Пам'ятайте, чому ми тут", - сказала Мег. "Тепер ви двоє поводьтеся добре, а я піду вниз і поговорю з вождем. Як там його звали?"

"І-Зед", - закричала Тісі.

"І-Зед", - вигукнув Алі.

Разом вони повторювали ім'я: "І-Зед, І-Зед, І-Зед, І-Зед".

"Вони називають тебе І-Зедом", - сказала Бренді, відштовхуючись.

"Ні!" закричав І-Зі. "Чекай мого наказу!" Але було запізно, Маленька Дорріт і Бренді вже були в польоті, але далеко вони не відлетіли, знайшовши місце на даху.

Е-Зі та решта команди залишилися на місці.

"Чого вони чекають?" запитав Сем.

Чарльз відповів: "Вони сподіваються, що їхній сморід зробить роботу за них". Він посміхнувся, і всі засміялися. Усі, окрім Собо, яка знову перетворилася на сову і вилетіла на дах разом з Бренді та маленькою Дорріт.

Фурії, які мали чудовий слух, мали план і мали намір його дотримуватися, не хотіли бути об'єктом жартів дітей-супергероїв і одна за одною здійнялися в повітря. Коли вони наближалися, сморід посилювався, а їхні чорні мантії тріпотіли на вітрі.

"Лови!" вигукнув Лачі, кидаючи кожному члену команди прищіпки для одягу.

Вже не такі смердючі відьми підлетіли ближче, тож діти внизу могли розгледіти їх детальніше. На вигляд вони були більші за життя, в буквальному сенсі, через змій, які повзали і ковзали по їхніх тілах. Змії, що випльовували язики, супроводжувалися звуком батогів, що тріщали, і це було чудовим проявом психологічної війни.

Саме Мег, як і передбачалося, розбила кригу, закричавши: "Де Еріель? Ми знаємо, що він у вас! Віддайте його нам, негайно".

Пронизливий звук її крику змусив дітей закрити вуха, оскільки скляні предмети, такі як вуличні ліхтарі, ліхтарі на ґанку, вікна і навіть скло в шафах, розлетілися на милі й милі навколо.

Коли він переконався, що Меґ більше не говорить (оскільки її рот був закритий), І-Зі відповів: "Це місце, де тримають зрадників. Тож тепер ви можете повзти назад до тієї нори, з якої ви троє виповзли!". І коли він закінчив говорити, його відірвали від землі, а за ним Альфред, Собо, Маленька Дорріт з Бренді Бейбі та Лачі на борту.

"Це наша територія. Це наші люди - і вам тут нічого робити. Насправді, вам взагалі немає чого робити тут, на землі. І ніколи не було. Вам тут не місце, - сказав І-Зі. "І ми втомилися від ваших маніпуляцій. Ви перегрdली свою руку. Ти зловживаєш своєю владою. Ти - підла людина. І ми змусимо тебе відповісти за це."

"Що такий хлопчисько, як ти, зробить з нами?" Тісі, яка пересіла до Меґ, закричала: "Переїдеш нас?"

Її пронизливий сміх наповнив повітря, змусивши землю під ногами решти команди розколотися на тріщини. Лія, Харуто, Чарльз і Сем притиснулися один до одного, щоб убезпечити себе.

Меґ долучилася до веселощів: "Може, лебідь залоскоче нас до смерті? Звичайно, ми можемо його обскубти - і з'їсти на обід!"

Нелітаючі члени команди ще тісніше притулилися один до одного. Харуто, який міг би відкрутитися, був надто наляканий, щоб поворухнутися. Тримаючись подалі від відкритих провалъ у землі, які загрожували поглинути їх.

"А ти, дівчинко, - звернулася Алі до Лії. "Ми намагалися розтопити тебе на сонці. Того разу ти врятувалася. Але що ти зробиш з нами тепер? Будете витріщатися на нас своїми руками і перетворювати на статуї?"

Фурії знову зареготали, а земля під ними стиснулася, ніби намагаючись щось народити.

"Тепер мені нудно", - сказала Мег.

Дві інші сестри були незвично тихі, ніби не знали, яким має бути їхній наступний крок.

"Мег підлетіла трохи ближче до І-З, поклавши руки на стегна: "Ми марнуємо тут час! Ми не прийшли битися з вами сьогодні. Не без нашого лідера. Все, що ми хочемо знати, де він? Відпустіть його. Відпустіть його. Негайно. А битву ми відкладемо на інший день."

"Ви б цього хотіли, чи не так?" крикнув Альфред.

Від чого Алі аж затремтіла.

"Йди до мене, моя маленька товстунчику. Казан чекає на тебе, пернатий виродку!"

"Він лебідь, а не гусак, дурню!" сказала Бренді, підштовхуючи маленьку Дорріт до себе.

І-Зі, щасливий, що відволікся, отримав повідомлення від Пі-Джея та Ардена, і показав Харуто великий палець вгору.

Харуто став невидимим і щодуху побіг до лікарні, де зустрівся з Пі-Джеєм та Арденом, які вже чекали на нього в грі. Тепер кожен з них зробив по вбивству. Коли прибув Харуто, вони зробили ще два вбивства.

Жадібність Фурій до нових дитячих душ відправила їхні сутності в гру.

"Ми тебе впіймали!" - вигукнули три богині.

"Негайно!" закричав Пі-Джей, коли Арден натиснув кнопку "Зберегти на USB", а коли файл було збережено, він натиснув кнопку "Витягти". Він заклеїв флешку скотчем, а потім поклав її в герметичний пакет.

"Віднеси це в E-Z!" сказав Арден.

Харуто прилетів на землю, подав сигнал своїй бабусі, яка схопила флешку в дзьоб і віднесла її в E-Z.

PJ написав повідомлення. "Сутність Фурій на флешці".

І-Зі безпечно поклав флешку в кишеню джинсів, і наступного разу, коли він подивився на "Фурій", картина в окулярах Рафаеля змінилася. Тіла трьох сестер то зникали, то з'являлися, але змії не зникали. Саме тоді він зрозумів, у чому була їхня Ахіллесова п'ята. "Змії не дають їм померти!" - вигукнув він. "Ми повинні знищити змій".

Бренді була вже досить близько, щоб вдарити Аллі. На жаль, вона також була досить близько, щоб змія Аллі могла вкусити її - що вона і зробила. Вона впала, і маленька Дорріт злетіла, але було занадто пізно, Бренді вже була мертва.

"Забери її звідси!" крикнув І-Зі, і Маленька Дорріт злетіла в небо, ридаючи на ходу.

"З нею все буде гаразд", - сказав І-Зі.

"Я так не думаю", - засміялася Еллі. "Наші змії не з цього світу. Якщо тебе вкусить одна з них, які б сили ти не мав, вони не допоможуть. Але ми залишимося тут і почекаємо, якщо хочеш? А коли вона не повернеться, ми рознесемо решту твоєї команди на друзки!"

"Ви суки!" вигукнув І-Зі.

Собо кинулася в бій, атакуючи, вириваючи зміїні очі одне за одним і кидаючи їх на землю. Закінчивши з Аллі, вона перейшла до Меґ, а потім до Тісі. Закінчивши своє завдання, бабуся була надто виснажена, щоб робити щось інше, окрім як приземлитися поруч з онуком і повернутися до своєї людської форми.

"Але Собо, - сказав Харуто, - я теж хочу битися".

"Нехай вони роблять все інше", - сказала вона. "Я надто втомлена, щоб нести тебе".

Собо і Харуто дивилися, як решта команди покінчила зі зміями.

Фурії відкривали і закривали роти, але з них не виходило жодного звуку. Окрім того, що вони втратили голос і згасали, їхні тіла намагалися триматися на плаву, а кров у їхніх жилах капала і капала донизу.

Інвалідний візок I-Зі рухався під ними, збираючи краплі і змішуючи кров The Furies з іншими зразками, які він зібрав.

"Вони мертві", - підтвердив I-Зі, коли порожні костюми The Furies чорними примарами попливли до землі.

Але це ще не було кінцем.

$$***$$

Позаду І-Зі піщана хвиля підняла голову, і, побачивши навколо себе вирячені очі - очі всіх своїх дітей, - ця мати всіх змій повільно оживала.

Сем, який першим помітив рух, закричав: "Обережно, Ю-Зі!", а коли він не почув його закликів, до нього приєдналися Лія, Чарльз, Харуто і Собо.

Лачі почув їхні крики і побачив, як змія, почувши їх, поповзла до E-Z. Він подивився змії в очі і сказав: "НІ!"

На секунду-другу змія-мати перестала рухатися, і здавалося, що вона почула і зрозуміла наказ Лачі, а потім він помітив, що в її очах з'явився блиск. "Ухиляйся, Ю-Зі!" - закричав він, а Малюк відкрив рота і вистрілив у бік Ю-Зі та змії-матері.

Волосся Ю-Зі загорілося, і він поплескав по ньому, після чого його стілець впав на землю.

Малюк продовжував вивергати вогонь у велетенську змію-мати, поки вона не згоріла до хрусткої скоринки. Замість смороду, який поширювали "Фурії", повітря наповнилося апетитним запахом курки, таким, який можна було б відчути на будь-якому барбекю на задньому дворі.

"О, дякую Малюк і всім", - сказав І-Зі, проводячи пальцями по середині свого волосся. Він вирвав частину, схожу на щетину.

"Вона відросте", - сказав Сем, коли земля під їхніми ногами знову почала просідати.

БРЕНЧ

І БАРАБАН

Інвалідний візок Ю-Зі сам собою відірвався від землі, і з нього почали падати краплі крові у воронки, що утворилися в землі.

"Що відбувається?" запитав Альфред.

Під ним продовжував стікати кров'ю його інвалідний візок, який кидало з місця на місце. "Маленька крапелька тут, маленька крапелька там", - повторював він подумки. На землі його команда повторювала ті самі слова, що крутилися в його голові: "Краплинка тут, краплинка там", потім вони разом закінчили вірш: "Краплинка, краплинка, скрізь", а потім почали все спочатку. Він похитав головою... Невже вони всі читали його думки?

Під їхніми ногами земля продовжувала існувати.

БАРРАБАНЕЦЬ

СТУК.

КОНВУЛЬСІЇ.

СТИСКАЄТЬСЯ.

Лія відірвалася від землі, розкинувши руки так широко, як тільки могла, закинувши голову назад і втупивши очі в небо. І над нею небо розірвалося. Почався дощ, але коли вони падали на асфальт, плями ставали червоними. Небо плакало кривавими сльозами, а Лія гойдалася і крутилася в повітрі, наче маріонетка без ниток.

Решта, за винятком Малюка та Лачі, вибігли на ґанок, щоб сховатися від кривавого дощу, не маючи змоги нічого вдіяти з Лією, яка все ще перебувала у підвішеному стані і в трансі.

"Ми подбаємо про те, щоб вона не впала", - сказав І-Зі, - "решта ховайтеся в укриття".

ШТОВХАННЯ.

ШТОВХАННЯ.

Потім була блискавка.

А за нею грім.

Архангел Михаїл прорвався крізь бар'єр і полетів вниз, поки не опинився поруч з Е-Зі.

"Я так розумію, у вас ситуація під контролем, - сказав Михаїл.

Так, сутності "Фурій" знаходяться на цій флешці.

"Кинь її мені", - сказав Майкл.

Наче бейсбольний м'яч на другу базу, І-Зі кинув флешку в бік Майкла, який простягнув руку, зловив її і помістив у лід. "У Еріеля буде компанія", - сказав Майкл. "Вони всі залишаться на льоду до кінця вічності. І, до речі, ви всі молодці!" Потім так само швидко, як і з'явився, він полетів геть.

"А як же Лія?" крикнув Є-Зі, але Майкл не відповів.

Земля почала пульсувати і крутитися, хоча "Фурії" більше не були на ній, і кров більше не текла з неба або його інвалідного візка.

Лія все ще пливла, дивлячись у небо, яке від кривавих сліз ставало блакитним, а під їхніми ногами земні кратери заростали травою, деревами, квітами.

Потім все стихло, і Лія, все ще перебуваючи в трансі, опустилася на землю. Простягнувшись на землі, з широко розпростертими руками, вона відчула траву на своїй спині і посміхнулася з виснаженням, оскільки вона зменшилася в розмірах і повернулася до свого справжнього віку, який становив дев'ять з половиною років.

"З тобою все гаразд?" запитав Е-Зі, коли лисиця, блакитна сойка, єнот, кардинал і олень зібралися навколо.

Лія розплющила очі, і вона могла бачити з них. Вона подивилася на свої руки, і вони були такими ж, як і раніше.

"Зі мною все гаразд", - сказала вона, коли Лачі допоміг їй піднятися.

Сем одразу помітив, що одяг його доньки більше не підходить їй. Він зняв свій супергеройський плащ і накинув його їй на плечі.

"Дякую, тату", - сказала Лія.

Це був перший раз, коли вона його так назвала, і він ніколи не відчував такої гордості, а сльоза покотилася по його щоці.

***

Блакить у небі здавалася яскравішою, зорі ніби кліпали очима, хоча був день, а трава на землі танцювала в сонячних променях, наче на ній була діамантова роса.

Ні Є-Зі, ні будь-хто з його команди не міг говорити. Ніхто не хотів порушувати тишу, не хотів турбувати красу, свідками якої вони були.

ШЕПОТ.

ШЕПІТ ШЕПІТ.

ШЕПІТ, ШЕПІТ, ШЕПІТ, ШЕПІТ.

Листя, що шелестить на вітрі. видаючи звуки, схожі на людські. Але це був не вітер, це були голоси дітей по всьому світу, які відроджувалися.

Ті, кого забрали "Фурії", виштовхнули їхні тіла з-під землі і виявили, що їхні голоси повернулися.

Діти заново навчилися ходити, бігати, повзати, і їхні крики луною розійшлися по всьому світу:

"Я хочу до мами!" - кричали відроджені, але бездушні тіла дітей.

"Я хочу до тата!" - в один голос кричали ці воскреслі діти:

"ВАХ, ВАХ, ВАХ!"

"ВАХ, ВАХ, ВАХ!"

"ВАХ, ВАХ, ВАХ!"

Бездушні малята пересувалися з краю в край, подорожуючи в різні місця, їхні рухи були швидшими за швидкість світла, коли вони продовжували волати:

"Хочу до мами!"

"Хочу до татка!"

"ВА, ВА, ВА!"

"ВА, ВА, ВА!"

"ВА, ВА, ВА!"

У Долині Смерті, де утримували та зберігали Ловців Душ,

ПОП

РОР

Двері розчинилися, наче руки, і душі вийшли, шукаючи тіла, в яких їм ще належало бути, і вони пішли на крики дітей.

"Я хочу до мами!"

"Хочу до татка!"

"ВАХ, ВАХ, ВАХ!"

"ВА, ВА, ВА!"

"ВА, ВА, ВА!"

Душі перелітали від дитини до дитини. У пошуках дому, в якому вона належала. Це було схоже на спостереження за дітьми, які грають у квача, коли кожна душа натрапляла на тіло, в якому вона народилася, і входила в нього. Як душі і тіла знову ставали одним цілим.

ШШШШШШШШШШ.

На якусь мить малюки знову стали щасливими дітьми, і звуки захоплення наповнили повітря.

Повернувшись до Долини Смерті, Хадз і Рейкі перенаправили бездомні душі по всьому світу, які переховувалися, оскільки не мали власних Ловців Душ. Одна за одною входили душі, і земля почала зцілюватися.

Саманта вийшла з будинку, несучи на руках своїх дітей Джека і Джилл, тихо співаючи їм: "Тихіше, маленька дитино, не плач".

ХЛОП.

ХЛОП.

З'явилися Хадз і Рейкі: "Ми зробили це!"

І-Зі та його команда обійняли один одного. Вони плакали, сміялися. Потім вони знову заплакали, через втрату одного зі своєї команди. Через втрату одного зі своїх: Бренді.

Телефон Лії задзвонив. Це було повідомлення від Бренді: "Я прибув до торгового центру - знову! Сподіваюся, з усіма все гаразд, і ми перемогли тих відьом!"

"Бренді жива!" пояснила Лія, а потім написала у відповідь: "Ще б пак! Я розповім тобі подробиці пізніше".

"ААААААААААААААААААААААААААААААА!" Чарльз Діккенс заплакав. Його тіло тряслося і тремтіло. Коли це припинилося, він був у трансі з невиразним обличчям і витягнутими долонями догори.

"Він бачить мої очі руками?" запитала Лія.

Коли книга - найбільший том у твердій обкладинці, який вони коли-небудь бачили - впала з неба і приземлилася в руках Чарльза, сама сила цього падіння ледь не збила його з ніг. Чарльз втримався на ногах, коли масивна книга відкрилася сама, гортаючи свої сторінки,

аж поки зсередини книги не пролунав голос: "Я -
Альтернативні світи:

"Я - Мандрівник Альтернативними Світами".

Хоча голос лунав зсередини книги, губи Чарльза
Діккенса рухалися синхронно з кожним словом, в
той час як на задньому плані все ще лунали дитячі
крики:

"ВАХ, ВАХ, ВАХ!"

"ВАХ, ВАХ, ВАХ!"

"ВАХ, ВАХ, ВАХ!"

"Хочу до мами!"

"Я хочу до татка!"

"ВА, ВА, ВА!"

"ВА, ВА, ВА!"

"ВА, ВА, ВА!"

"Я хочу їсти!"

"Я хочу пити!"

Діти, які колись жили найближче до будинку
Ю-Зі, пліч-о-пліч рушили до нього.

"Почуйте   мене!"   промовив   подорожній
щоденник Альтернативних світів.

"Це єдина пропозиція.

Якщо вас обрано, ви повинні вибрати.

Тільки один раз, виграти або програти.

Не проґавте цю можливість, не втратьте її.

Бо вона більше не повториться, ніколи".

Сторінки горталися вперед, потім назад. Вперед, потім назад. Перегортання зупинилося на главі. На розділі під назвою "Альфред". І там були його фотографії, з його сім'єю. Всі старі. Всі здорові та щасливі. На фотографіях він більше не був Альфредом-лебедем-трубачем. Це був Альфред-батько, чоловік, чоловік.

Зі сльозами на очах Альфред подивився на І-З. Погляд, яким вони обмінялися, сказав усе. Він мусив піти. І-Зі кивнув.

Тоді Альфред повернувся до Лії. Вона теж кивнула, знаючи, що йому треба йти.

Лебідь-трубач Альфред ступив у розділ, що носить його ім'я, і знову перетворився на людину. І зі сторінок "Подорожі по Альтернативних світах" він помахав рукою своїм друзям.

Тепер сторінки "Мандрівника альтернативними світами" повернулися до початку книги. Сторінки знову і знову перегорталися, вперед, назад, вперед, назад, вперед, і врешті-решт зупинилися на новому розділі. Розділ, названий на честь Лачі.

На фото Лачі був немовлям. Його батьки забирали його додому з пологового будинку. Немовля на фото носило лікарняний браслет, який показував, що справжнє ім'я Лачі - Ендрю.

"Ні, дякую, - сказав Лачі. "Ми з малюком скоро поїдемо додому".

Книга "Подорожі альтернативними світами" захлопнулася з такою силою, що Чарльз ледь не впав. Він оговтався, і за мить книга знову почала гортатися. Назад, вперед. Тасував сторінки, наче колоду чи карти, поки не зупинився на розділі під назвою "Харуто". На фото він був з матір'ю та батьком.

"Ні, дякую", - одразу ж сказав Харуто. Він взяв руку Собо в свою і звернувся до Лачі: "Ти не проти підкинути нас в Японію по дорозі додому?"

Лачі кивнув: "Радий за компанію".

Цього разу з книги вирвалося полум'я ще до того, як вона закрилася, і Чарльз ледь не впустив її.

Дитячі крики без відповіді продовжувалися, стаючи дедалі гучнішими, коли вони наближалися до будинку I-Зі:

"Хочу до мами!"

"Хочу до татка!"

"Я хочу їсти!"

"Я хочу пити!"

"ВАХ, ВАХ, ВАХ!"

"ВА, ВА, ВА!"

"ВА, ВА, ВА!"

Чарльз заплющив очі.

"І це все? запитав І-Зі.

"А як же ми?" запитала Лія.

Руки Чарльза почали тремтіти. Наче вага книги тиснула на його руки. Потім книга захлопнулася з такою силою, що він спіткнувся і сів. Він схрестив одну ногу над іншою і притиснув книгу до грудей.

Вона знову розгорнулася, як і очі Чарльза, і знову сторінки зашелестіли, наче морські трави на дні океану. Вона знову зачинилася. Потім перевернулася на спину. Посередині книги з'явилася рамка. Спочатку вона була порожня, ніби чогось чекала. Потім вона замерехтіла, наче почався фільм.

На стадіоні "Доджерс" вже розпочався бейсбольний матч. "Доджерс" грали з "Брюерс". І-Зі Діккенс був кетчером. Він стояв за тарілкою і грав як професіонал. На трибунах були його батьки, які підбадьорювали його, стоячи над бліндажем.

ЗЕМЛЯНА ПАУЗА.

На кілька секунд сонячне світло було заблоковане, коли Офаніель увірвалася в небо і попрямувала до них.

"І-З, я просто хотіла сказати тобі, перш ніж ти приймеш рішення, що все, що ти вирішиш зробити, або не зробити, матиме наслідки для інших".

"Наприклад?" - запитав він, не відриваючи погляду від обрамленої версії себе і своїх батьків, хоча вони вже не рухалися в ній.

"Подумай про нещасний випадок... що б не сталося у світі, якби твої батьки ніколи не померли? Якби ти ніколи не втратив ноги?"

Він подивився в бік дядька Сема, потім на Саманту, Лію та близнюків. Якби не нещасний випадок, ніхто з них не зустрівся б з ним. Близнюки ніколи б не народилися.

"Якщо я вирішу поїхати і здійснити свою мрію, що буде тут?"

"Це ризик, на який тобі доведеться піти, і я не можу дати тобі відповідь. Але я знаю, що ти - каталізатор і клей".

"Гаразд, дякую, що повідомила мені".

ПІДСУМКИ ЗЕМЛІ

Офаніель пішов.

"Ні, дякую", - сказав І-Зі.

Він дивився, як він і його батьки зникають. Екран став порожнім. Рамка зникла, і книга почала підніматися. Вгору, вгору, з рук Чарльза.

Чарльз стояв так, ніби все ще тримав її в руках. Дивлячись вперед в нікуди.

Коли вона була вже далеко над ними, книга спалахнула вогнем. Вона шипіла і створювала сморід, перш ніж її залишки стали досить малими, щоб їх міг підняти вітер. І "Мандрівника альтернативними світами" більше не існувало.

Чарльз повернувся до себе, коли діти масово прибули на вулицю І-З.

"Я хочу до мами!"

"Я хочу до тата!"

"Я хочу їсти!"

"Я хочу пити!"

"ВА, ВА, ВА!"

"ВА, ВА, ВА!"

"ВА, ВА, ВА!"

"Можна я розповім їм історію?" запитав Чарльз.

"Це не зашкодить", - сказала Лія.

Чарльз почав переказувати казку про три камені. Діти перестали рухатися, припинили плакати і ловили кожне його слово, аж поки він різко не зупинився.

"Ох, ну й ну!" - вигукнув він, помітивши, що кожна частинка його тіла то зникає, то з'являється, наче земля не може передати його сигнал.

"Зачекай!" сказав І-Зі. "Що ти можеш порадити колезі-письменнику?"

"Є книги, в яких обкладинки та форзаци є найкращими частинами - нехай твоя не буде однією з них. Я сумуватиму за вами всіма!"

Дехто каже, що саме в цей момент на нього опустився промінь світла, відірвав його від землі і поніс Чарльза Діккенса в небо. Інші кажуть, що він поїхав верхи на маленькій Дорріт, і більше їх ніхто ніколи не бачив. Все, що вони знали напевно, це те, що Чарльз Діккенс покинув їх того дня і більше їх ніхто не бачив.

"ВА, ВА, ВА!"

"ВА, ВА, ВА!"

"ВА, ВА, ВА!"

ШИПУЧКА

Прилетів Ловець Душ. Він відчинив двері і вистрілив у повітря петардами.

Деяких дітей злякав шум, а декому сподобався, але у всіх випадках вони перестали плакати.

Коли він вистрілив у повітря кольорами, вони розтанули разом, щоб сказати наступне:

ВИХОДЬТЕ, ВИХОДЬТЕ, ВИХОДЬТЕ

ДЕ Б ВИ НЕ БУЛИ!

"Чого воно хоче?" запитав Е-Зі. "Чи краще сказати, ХТО йому потрібен?"

"Це я?" запитав Собо.

"Ні, це для мене", - відповів голос позаду них. Це був голос Розалі.

Всі обернулися на щось, очікуючи побачити привид або дух, але те, що вони побачили, не було ні тим, ні іншим. Це була сутність Розалі... це все, що вони знали.

"Прощавай, люба Розалі!" покликав Собо.

Це були справжні проводи дорогої сутності Розалі, коли І-Зі та його команда кричали, махали руками, кидалися поцілунками та аплодували їй.

Це було справжнє святкування всього, що вона для них значила, коли їхні любі друзі сіли в її Ловець Душ і він полетів геть.

Тепер, коли Чарльз пішов, діти знову почали кричати,

"ВАХ, ВАХ, ВАХ!"

"ВАХ, ВАХ, ВАХ!"

"ВАХ, ВАХ, ВАХ!"

На задньому плані з'явився новий звук. Звук ніг, багато ніг, що бігли - швидко.

Коли вони вибігали на вулицю I-З, мами, тата і діти возз'єднувалися зі своїми близькими, і це возз'єднання відбувалося по всій землі.

"Браво!" сказав Е-Зі своїй команді.

Вони помахали на прощання, коли Лачі, Малюк, Харуто і Собо полетіли геть.

Тепер залишилися лише E-Z та Лія.

ZAP!

Перша лялечка прибула.

БОНЖУР!

А за нею Франсуа.

"Ах, ми запізнилися", - сказав він. "Ми все пропустили!"

Зсередини будинку почулися крики Саманти. "О ні, щось сталося з немовлятами!"

Всі побігли всередину до дитячої кімнати. Джек і Джилл міцно спали.

Сем обійняв дружину. "Як на мене, з ними все гаразд", - прошепотів він.

"Але вони не в порядку!" сказала Саманта.

"Все буде добре", - сказав Сем.

"Мені теж здається, що з ними все гаразд", - сказав І-Зі.

"Ти просто зачекай", - сказала Саманта. "Просто зачекай і побачиш. Я б не кричала, якби... - вона похитнулася і захиталася, наче могла впасти.

Всі дивилися і чекали. Нічого не відбувалося протягом десяти, п'ятнадцяти, двадцяти чи навіть тридцяти хвилин.

А потім раптом щось сталося.

З крихітних тіл Джека і Джилл виходило жовте і зелене світло.

"Хадз? Рейкі?" вигукнув І-Зі.

ХЛОПОК.

ХЛОП. ХЛОП.

Джек і Джилл сіли так, як це вміють робити старші діти. Чого Джек і Джилл ще не вміли.

Саманта знепритомніла, а Сем підхопив її.

"Якого біса ви двоє робите?" запитав І-Зі. "Забирайтеся звідти - негайно!"

Хадз сказав: "В нагороду ми попросили бути людьми".

"Рейкі сказав: "І нам потрібні були тіла".

"О, брате", - сказав І-Зі, коли у вхідні двері постукали.

"Хтось є вдома?" запитали Пі-Джей і Арден.

ЕПІЛОГ

E-Z набрала слова: КІНЕЦЬ. Задоволений тим, що завершив серію з чотирьох книг, він закрив свій ноутбук.

"Поквапся, E-Z!" - крикнув чоловік позаду нього.

І-Зі стягнув маску кетчера і озирнувся. Він стояв за тарілкою, граючи за команду "Лос-Анджелес Доджерс". Суддя вимивав тарілку. Він підвівся і попрямував до роздягальні, оскільки він був останнім гравцем, який залишив поле.

Він упізнав кількох гравців, коли рухався вздовж бейсбольного майданчика слідом за ними.

Він провів пальцями по своєму світловолосому волоссю. Воно було коротшим і підстриженим під каре, як ніколи раніше. І він був вищим, точно вище 6 футів 5 дюймів.

Що, в біса, відбувалося? Він спав? Він вщипнув себе. Було боляче.

"Ти на палубі, Ю-Зі!" - крикнув тренер з відбивання.

Він знайшов монітор і перевірив своє відображення. Він дивився на себе, як на незнайомця.

"Земля викликає Ю-Зі", - сказав його тренер.

"Вибачте, тренере", - відповів I-Зі, прямуючи до ангару зі спорядженням. Його біта була промаркована, як і все інше його спорядження. Він одягнув її і вийшов у коло на палубі.

Він поправив налокітники і приготувався до першої подачі. Разом зі своїм товаришем по команді він зробив кілька тренувальних замахів. Поки він чекав, його увагу привернув рух на трибунах за бліндажем. Його батьки.

"Давай, зроби їх, синку!" - крикнув його батько.

Він показав батькам великі пальці вгору, а потім побачив, як його товариш по команді зробив сингл і благополучно дістався до першої бази.

I-Зі зайшов у бокс для беттера, відрахував час, відійшов назад і зробив кілька глибоких вдихів.

"Візьми себе в руки, - сказав він собі. Я не хочу підвести команду. Зосередься. Зосередься.

Він підняв руку, щоб дати судді зрозуміти, що готовий, а потім повернувся до тарілки.

"Давай, І-З!" - покликала його мати.

Він зосередився і дивився, як проходить перша подача. Напевно, зі швидкістю понад сто миль на годину. Він приготувався до другої подачі. Замахнувся і промахнувся. Його товариш по команді вкрав базу і благополучно приземлився на другій.

Це вже занадто. Я не готовий. Мені треба прокинутися. Я повинен прокинутися - ЗАРАЗ.

Друга подача пролетіла повз. Він замахнувся, але не долетів. Прилетів третій м'яч, і він відбив його. Він бачив, як його товариш по команді намагався дійти до третьої, але його вигнали. Він майже встиг добігти до першої вчасно, але інша команда заробила дабл-пей. З двома аутами він повернувся до бліндажа, щоб одягнути своє спорядження для ловлі.

"Наступного разу тобі вдасться!" - сказав його батько.

Навіть якщо він не потрапив на базу, він був у своїй мрії. Жив своєю мрією. Але як? Він відмовився від пропозиції "Альтернативних світів".

Заберіть мене звідси! Я не хочу, щоб так було! Де дядько Сем? Де Ліа? Де близнюки?

Його голова наповнилася сміхом, коли він впав на землю, і продовжував падати. Аж поки не приземлився з ударом на дерев'яну підлогу в хатині чи халупі. За кілька секунд після його приземлення вона спалахнула вогнем.

На іншому кінці кімнати сиділа маленька дівчинка. Спочатку він подумав, що це Лія, але у дівчинки було руде волосся. Він спробував розбудити її, але вона не поворухнулася.

Позаду нього вхідні двері зірвалися з петель. Увійшла темна, закутана в плащ постать, з нижчою фігурою в капюшоні. Удвох вони винесли дівчину на вулицю.

"Допоможіть!" - кричав він.

"Допоможи собі сам!" - промовив жіночий голос, вищий з двох фігур, коли стіни навколо нього почали руйнуватися.

Він знову опинився на стадіоні, лежачи на спині на землі і дивлячись в очі своїм батькам.

"З тобою все буде добре", - воркували вони.

Подяки

Що ж, ми підійшли до кінця серії про Ч. Діккенса. Сподіваюся, вам сподобалося її читати так само, як і мені писати.

Оскільки ви були зі мною протягом усієї серії, моє останнє ДЯКУЮ вам, мої читачі. Ви неймовірні!

Як завжди, приємного читання!

Cathy

Про автора

Cathy McGough живе і пише в
Онтаріо, Канада, з чоловіком, сином, двома котами
та собакою.
Якщо ви хочете написати Cathy,
ви можете зв'язатися з нею тут:

cathy@cathymcgough.com.
Cathy любить чути від
своїх читачів.

Також по

103 ідеї для фандрейзингу для батьків-волонтерів у школах та командах

Інтерв'ю з легендарними письменниками з інших країн

Дитячі книжки

www.ingramcontent.com/pod-product-compliance
Lightning Source LLC
Chambersburg PA
CBHW051311300726
48976CB00002B/365